DIE HOCHZEIT VON EMILY

Die Hochzeit von Emily (Die Delta Force Heroes, Buch Vier)

SUSAN STOKER

Copyright © 2019 Susan Stoker
Englischer Originaltitel: »Marrying Emily (Delta Force Heroes Book 4)«
Deutsche Übersetzung: Marion Blusch für Daniela Mansfield Translations 2019
Alle Rechte vorbehalten. Dies ist ein Werk der Fiktion. Namen, Darsteller, Orte und Handlung entspringen entweder der Fantasie der Autorin oder werden fiktiv eingesetzt. Jegliche Ähnlichkeit mit tatsächlichen Vorkommnissen, Schauplätzen oder Personen, lebend oder verstorben, ist rein zufällig.
Dieses Buch darf ohne die ausdrückliche schriftliche Genehmigung der Autorin weder in seiner Gesamtheit noch in Auszügen auf keinerlei Art mithilfe von elektronischen oder mechanischen Mitteln vervielfältigt oder weitergegeben werden.
Titelbild entworfen von: Chris Mackey, AURA Design Group

Besuchen Sie Susan im Netz!
www.stokeraces.com
facebook.com/authorsusanstoker
twitter.com/Susan_Stoker
bookbub.com/authors/susan-stoker
instagram.com/authorsusanstoker
Email: Susan@StokerAces.com

EBENFALLS VON SUSAN STOKER

Die Delta Force Heroes:

Die Rettung von Rayne (Buch Eins)
Die Rettung von Emily (Buch Zwei)
Die Rettung von Harley (Buch Drei)
Die Hochzeit von Emily (Buch Vier)
Die Rettung von Kassie (Buch Fünf) (Nov 2019)
Die Rettung von Bryn (Buch Sechs) (Feb 2020)
Die Rettung von Casey (Buch Sieben) (April 2020)
Die Rettung von Wendy (Buch Acht) (Juni 2020)
Die Rettung von Mary (Buch Neun) (Sept 2020)
Die Rettung von Macie (Buch Elf) (Okt 2020)

KAPITEL EINS

Emily lächelte ihre Tochter an, die nervös war und aufgeregt im Zimmer umher schritt. Ihr weißes Blumenmädchenkleid bauschte sich mit jedem Schritt auf, sodass unter dem Saum ihre schwarzen Kampfstiefel zu sehen waren. Sie hatte sich die Haare nicht flechten lassen wollen und die langen, dunkelblonden Locken fielen ihr kunstvoll und ungeordnet über die Schultern. Das blaue Pflaster an ihrem Ellbogen bildete einen starken Kontrast zu dem Weiß ihres Kleides und bedeckte nicht ganz alle Kratzer, die sie sich an diesem Morgen zugezogen hatte, als sie auf dem Bürgersteig vor der Kirche gestürzt war. Sie war wie üblich wie ein kleiner Wildfang herumgerannt und dabei gestolpert.

Glücklicherweise war Coach zur Stelle gewesen, hatte ihr wieder auf die Beine geholfen und im Verbandskasten der Kirche ein Pflaster gefunden.

»Sie ist wunderschön«, flüsterte Rayne, die neben Emily stand und offensichtlich auch das kleine Mädchen beobachtete.

Emily drehte sich zu ihrer Freundin um. Sie hatte nicht gewusst, wie eng ihre Freundschaft werden würde, als sie Rayne kennengelernt hatte, doch jetzt konnte sie sich ihr Leben ohne sie gar nicht mehr vorstellen. Es war erstaunlich, wie schnell ihr Freundeskreis gewachsen war. Sie konnte mit Rayne reden, wenn sie sich Sorgen über Fletch und seinen Job als Delta Force-Agent machte, und jetzt, da Coach offiziell eine Freundin hatte, war noch eine weitere Person dazugekommen.

Harley entwarf Videospiele und hatte Annie mit ihrer Computerfachsprache schnell für sich gewonnen. Emily konnte sich vorstellen, dass Annie eines Tages in die Fußstapfen dieser Frau treten würde, es sei denn, sie würde Soldatin werden.

Mary war auch eine regelmäßige Besucherin in ihrem Haus. Sie war etwas forsch, doch es war nicht schwer zu erkennen, dass sie hinter der rauen Fassade viele Emotionen verbarg. Ihre Zuneigung für Rayne war bedingungslos und sie verteidigte sie mit aller Entschlossenheit, wenn jemand sie kränkte. Emily mochte sie deshalb umso mehr.

Alle drei Frauen waren im Moment bei ihr im Zimmer. Als Brautjungfern war es ihre Aufgabe, Fletch von Emily fernzuhalten, damit er sie vor der Zeremonie nicht sehen konnte. Und er hatte es versucht. Drei Mal.

Das erste Mal, als sie an der Kirche angekommen waren. Sie waren aus der Limousine gestiegen, nachdem sie sich die Haare in einem schicken Salon hatten frisieren lassen, und Annie hatte Fletch zuerst entdeckt. Sie hatte seinen Namen gerufen und war mit offenen Armen auf ihn zugelaufen.

Mary hatte Emily am Arm gepackt, sie mit einer filmreifen Bewegung umgedreht und zurück in die Limousine geschoben, bevor Emily überhaupt wusste, was vor sich ging.

»Was machst du denn hier draußen?«, fragte Rayne fordernd und blockierte mit ihrem Körper die Tür zu der Limousine, in die Emily gerade verschwunden war. »Du weißt doch, dass du Emily vor der Zeremonie nicht sehen darfst!«

»Hey, Ladies«, rief Fletch, während er mit Annie im Arm dastand. »Ich wollte nur mal nachsehen, ob ihr alle gut angekommen seid.«

»Wir sind gut angekommen und es ist alles in

Ordnung«, sagte Mary, »und jetzt kannst du wieder gehen und uns weitermachen lassen.«

»Es war sooooo langweilig!«, verkündete Annie. »Mommy saß nur da und die Frau hat an ihren Haaren herumgezogen.«

Fletch lachte und gab Annie einen Kuss auf die Schläfe. »Wirklich? Und was hast du gemacht?«

Das kleine Mädchen schüttelte kräftig den Kopf und wiederholte: »Es war langweilig.«

»Sie hat es versucht«, kommentierte Harley. »Und sogar ich muss zugeben, dass es langweilig war.«

Fletch machte einen Schritt zur Seite, doch Mary spiegelte die Bewegung und blockierte seine Sicht ... obwohl es ihm sowieso unmöglich war, durch die abgedunkelten Scheiben des Fahrzeugs irgendetwas zu erkennen.

Rayne griff nach Annie und sagte zu Fletch: »Geh jetzt. Wir haben viel zu tun. Du siehst Emily noch früh genug.«

Annie erlaubte Rayne, sie aus Fletchs Armen zu ziehen, wand sich jedoch unter ihrem Griff. Sie stellte das kleine Mädchen auf den Boden und alle lächelten, als sie in Richtung Kirche rannte und Coachs Namen rief.

Als Fletch zum zweiten Mal versuchte, sich zu

Emily zu schleichen, erwischte Harley ihn. Er lauerte vor dem Zimmer herum, in dem Emily das Make-up aufgetragen wurde, und versuchte, einen Blick auf seine Verlobte zu werfen. Sie schlug ihm die Tür vor der Nase zu und brachte damit alle Frauen zum Lachen.

Beim dritten Mal erwischte Annie ihn. Er versteckte sich in der Frauentoilette und wartete darauf, dass Emily aufs Klo musste, damit er einen Blick auf sie werfen ... und sie vielleicht sogar küssen konnte. Inzwischen hatte das kleine Mädchen jedoch sein Spiel durchschaut, in gespielter Angst aufgeschrien und ihn aus dem Zimmer geschoben. Sie schlug mit ihren kleinen Händen auf seinen Hintern, während sie mit ihm schimpfte.

Es dauerte noch zwanzig Minuten bis zur Zeremonie. Sie waren alle angezogen und geschminkt und mussten einfach nur noch Zeit totschlagen.

»War es seltsam, Fletchs Eltern kennenzulernen?«, fragte Rayne.

Emily schüttelte sofort den Kopf. »Nein. Ich hatte zwar vermutet, dass es komisch werden würde. Ich meine, wer lernt schon seine zukünftigen Schwiegereltern einen Tag vor der Hochzeit kennen? Doch sie waren sehr bodenständig und freundlich. Sie haben sich dafür entschuldigt, dass sie bei Annies Adoptionszeremonie nicht dabei sein konnten, und haben es ehrlich gemeint.«

»Warum konnten sie denn nicht mit dabei sein?«, fragte Harley.

Emily wandte sich an das neueste Mitglied der Frauentruppe und lächelte. Harleys Haar war auf dramatische Art hochgesteckt und hier und da mit Schleierkraut verziert. Ein paar Ranken umrahmten ihr Gesicht und das dunkelblaue Spaghettiträger-Kleid sah an ihrem gertenschlanken Körper atemberaubend gut aus.

»Seine Mutter lag im Krankenhaus. Ich glaube, sie hatte sich eine Art Lungenentzündung zugezogen.«

»Aber jetzt geht es ihr wieder gut?«, wollte Mary wissen.

Emily schimpfte in Gedanken mit sich selbst. Mary war äußerst empfindlich, wenn es um Krankenhäuser und Menschen ging, die krank waren. Rayne redete nicht oft darüber und Mary erwähnte es *nie*, doch sie wussten alle, dass Mary Brustkrebs gehabt hatte. Emily fragte sich, ob da wohl mehr dahintersteckte, doch jetzt war definitiv nicht der richtige Augenblick dafür, es anzusprechen.

»Jetzt geht es ihr wieder gut«, beruhigte Emily die andere Frau. »Sie wollten eigentlich früher kommen, aber es hat nie wirklich geklappt und Fletch wollte nicht, dass sie reisen, solange seine Mutter noch nicht hundertprozentig gesund war.«

»Macht Sinn«, antwortete Rayne sachlich. »Was haben sie denn gesagt, als ihr euch endlich kennengelernt habt? Ehrlich, warst du nicht nervös?«

»Doch«, gab Emily zu, »zuerst schon. Aber Annie war bei mir. Und da sie keine richtigen Großeltern hat, hat sie sich total gefreut, sie kennenzulernen. Sie hat das Eis zwischen uns schnell gebrochen.«

»Oh Mann«, sagte Mary leise. Sie wollte nicht, dass Annie sie hörte. »Sie ist manchmal leicht überdreht.«

Emily kicherte. »Das ist die Untertreibung des Jahrhunderts. Sobald sie aus dem Auto stiegen und Fletch es ihr erlaubte, lief sie zu ihnen, stürzte sich auf seine Mutter und nannte sie Nana. Dann wandte sie sich an seinen Vater, tat genau dasselbe und nannte ihn Papa. Ich weiß gar nicht, wo sie diese Spitznamen aufgeschnappt hat. Du hättest die Gesichter seiner Eltern sehen sollen, unbezahlbar.«

»Fletch ist ihr einziges Kind, nicht wahr?«, fragte Rayne.

Emily nickte. »Ja. Ich schwöre bei Gott, ich sah Tränen in den Augen seiner Mutter. Danach war es ein Kinderspiel, mich kennenzulernen.«

Die Frauen kicherten.

»Das kann ich mir vorstellen«, sagte Rayne.

»Sie haben gestern den Nachmittag bei uns verbracht und dann in der Wohnung über der Garage geschlafen. Heute übernachten sie in einem Hotel. Sie meinten, sie wollten uns während der Hochzeitsnacht nicht stören.«

»Ihr geht heute Abend also wirklich nirgendwo hin? Ich war mir sicher, dass ihr euch ein Hotelzimmer in Waco nehmen würdet oder so«, bemerkte Mary mit hochgezogenen Augenbrauen.

Emily schüttelte den Kopf. »Nein. Wir haben beschlossen, die Hochzeitsfeier so bescheiden wie möglich zu halten. Keine große Party oder so. Und da sie im Haus stattfindet, wollten wir nicht, dass wir danach noch irgendwohin fahren müssen.«

»Aber ihr fahrt doch in die Flitterwochen, nicht wahr?«, fragte Harley.

»Oh ja.« Emily grinste übers ganze Gesicht, als sie daran dachte. »In ein paar Monaten fahren wir runter nach Big Bend. Da gibt es ein abgeschiedenes Anwesen mit süßen kleinen Hütten. Es gibt dort nicht mal Internet. Dann sind wir ganz alleine und müssen uns um nichts kümmern.«

»Kommt Annie auch mit?«, wollte Mary wissen und schaute zu dem kleinen Mädchen hinüber, das mit einem Dutzend grüner Armeefiguren auf der Fensterbank spielte und leise vor sich hin murmelte.

»Wir wollten sie eigentlich mitnehmen, aber Fletchs Eltern haben uns angeboten, hierher zurückzukommen und auf sie aufzupassen«, erklärte Emily ihren Freundinnen.

»Und damit war sie einverstanden?«, fragte Harley.

Emily zog die Augenbrauen hoch und schaute sie mit weit aufgerissenen Augen an, als wollte sie sagen: »Machst du Witze?«

Die Frauen lachten.

»Sie ist damit einverstanden«, verkündete Harley mit einem Grinsen im Gesicht.

»Ja. Sie hat sie schon um den kleinen Finger gewickelt. Vier Tage mit ihrer neuen Nana und ihrem neuen Papa zu verbringen steht ganz oben auf ihrer Liste von tollen Dingen, die in ihrem Leben passieren können. Deshalb ist sie mehr als einverstanden damit.«

»Habt ihr euch darüber unterhalten, ob ihr noch mehr Kinder haben wollt?«, fragte Mary ernst. Irgendwie klang ihre Frage komisch.

Emily schüttelte langsam den Kopf. »Nein, nicht wirklich. Ich bin mir aber ziemlich sicher, dass Fletch noch mehr Kinder haben will, schon allein aus dem Grund, weil er sich so gut mit Annie versteht. Aber ich glaube nicht, dass ich dafür schon bereit bin.«

»Lass es dir von mir gesagt sein: Warte nicht! Man kann nie wissen, wann einem die Chance, Kinder zu haben, für immer genommen wird.«

Es war still im Raum, nachdem Mary das gesagt hatte. Die Qual war deutlich in ihrer Stimme zu hören und der Schmerz stand ihr ins Gesicht geschrieben. Es war herzzerreißend.

»Mary«, begann Rayne, doch bevor sie weitersprechen konnte, klopfte es laut an der Tür.

»Seid ihr alle bereit?«, rief Beatle.

Annie ließ ihre Spielsachen auf der Fensterbank liegen und lief zur Tür. Bevor sie sie jedoch aufreißen konnte, rief Emily ihr schnell zu: »Frag zuerst, wer es ist, Süße.«

Obwohl es eindeutig war, wer es war – Beatles Südstaatenakzent war leicht zu erkennen –, blieb Annie stehen, umfasste mit ihren kleinen Fingern den Knauf und rief laut: »Wer ist da?«

»Es ist Beatle, Knirps«, antwortete er.

Annie riss die Tür auf und rief: »Käfermann!«

Sie hatte ihn an diesem Tag zwar schon gesehen, doch sie begrüßte ihn jedes Mal auf dieselbe Art, wenn sie ihn sah.

Beatle lächelte und streckte die Arme aus, während Annie sich auf ihn stürzte. Er hob sie hoch und hielt sie fest, während er sich den Frauen zuwandte. »Es ist fast so weit.«

Er musterte Emily einen Moment und sie konnte die Wertschätzung in seinem Blick erkennen, als er murmelte: »Fletch ist ein verdammter Glückspilz.«

Emily errötete. Es war albern, doch sie konnte nicht anders. Von Fletchs Teamkollegen kannte sie Beatle und Blade am wenigsten, doch sie wusste, dass sie bei ihnen in Sicherheit war … wie bei allen Jungs. Genauso wie ihr kleines Mädchen. Alle von Fletchs Teamkollegen hatten schon das ein oder andere Mal auf Annie aufgepasst.

»Danke«, sagte sie etwas schüchtern. »Aber ich glaube, du siehst das falsch. Ich bin der Glückspilz.«

»Wie du meinst«, murmelte er und wandte die Aufmerksamkeit wieder Annie zu. »Bist du bereit? Wo ist dein Korb?«

Annie ließ den Kopf herumwirbeln und hielt Ausschau nach dem weißen Blumenmädchenkorb, den sie zum Altar tragen sollte. Wenn Beatle sie nicht festgehalten hätte, wäre sie ihm aus den Armen gerutscht und zu Boden gefallen. Doch Beatle war – wie alle der Männer – an ihre abrupten

Bewegungen gewöhnt und verhinderte, dass sie sich verletzte.

»Er ist da drüben!«, rief Annie und zeigte zur Fensterbank, wo sie gespielt hatte.

Beatle setzte sie sanft wieder auf dem Boden ab und sagte: »Dann hol ihn dir. Es geht gleich los!« Dann schaute er wieder die Frauen an, insbesondere Emily. »Fletch hat lange auf diesen Tag gewartet. Ich könnte mich nicht mehr für ihn freuen, Emily.«

»Danke«, sagte sie, erhob sich und ging zu dem Teamkollegen ihres Verlobten. »Danke für alles, was du für mich und Annie getan hast. Ich weiß, dass es nicht einfach ist, sich um sie zu kümmern. Sie kann ganz schön anstrengend sein.«

Beatle schüttelte den Kopf. »Ganz und gar nicht. Sie ist eine wahre Freude. Ich mag es, wenn ihre Augen vor Aufregung leuchten, wenn wir sie zum Stützpunkt mitnehmen und sie auf dem Hindernisparcours spielen darf. Oder wenn wir im Dreck herumkriechen und so tun, als wären wir Soldaten auf einem Schlachtfeld. Sie ist vielleicht kein typisches Mädchen, aber ich habe noch nie ein Kind getroffen, das so ein großes Herz hat. Du hast sie dazu erzogen, sie selbst zu sein und nicht so, wie es die Gesellschaft von ihr erwartet. Das finde ich großartig.«

Emily stiegen die Tränen in die Augen. Es war nicht einfach, alleinerziehende Mutter eines kleinen, frühreifen Mädchens zu sein. Sie war schlauer, als ihr guttat, und eine Zeit lang war sie extrem schwierig gewesen. Doch mit der Aufmerksamkeit und Liebe, die Fletch und seine Teamkollegen ihr entgegenbrachten, war Annie zu einem selbstbewussten, fröhlichen und aufgeschlossenen Mädchen herangewachsen ... und dabei sie selbst geblieben. Emily freute sich nicht unbedingt auf die Pubertät, doch sie hoffte und betete, dass sie weiterhin ein freudiges Kind bleiben würde.

»Danke, Beatle. Das bedeutet mir sehr viel.«

»Gern geschehen. Also ... sollen wir deinen Verlobten von seinem Elend erlösen? Ich schwöre bei Gott, er war so schlecht gelaunt wie ein nasser Straßenkater. Es hat ihn geärgert, dass er dich heute nicht sehen durfte. Nur falls du das nicht schon gewusst hast.«

Emily lachte und trocknete sich vorsichtig mit den Fingerspitzen die Augen. Sie war dankbar für die wasserfeste Mascara, auf der die Maskenbildnerin bestanden hatte. »Doch, das habe ich gemerkt.«

Sie lächelten sich gegenseitig an.

»Komm Süße«, rief Emily ihrer Tochter zu, die

am Fenster stand und an ihrem Korb herumfummelte.

Annie lief zu ihrer Mutter und lehnte sich an sie. Emily legte ihr die Hand auf den Kopf und lächelte sie liebevoll an.

Rayne stellte sich neben Emily, Mary auf die andere Seite. Harley stand neben Mary. Emily schaute ihre Freundinnen an. »Lasst uns gehen, damit die Party bald beginnen kann.«

Sie grinsten alle und nickten.

Dann schaute Emily wieder Beatle an und deutete mit dem Kopf zur Tür. »Geh voraus, Käfermann. Ich bin bereit, Mrs. Cormac Fletcher zu werden.«

KAPITEL ZWEI

Fletch zappelte in dem winzigen Raum hinter dem Altar umher. Er bot nicht genügend Platz, um herumzugehen. Besonders nicht, weil all seine Teamkollegen mit ihm zusammen dort eingepfercht waren. Ghost, Coach, Hollywood, Beatle, Blade, Truck und Fish, das neueste Mitglied ihrer Truppe, beobachteten ihn alle mit einem unterschiedlichen Maß an Humor, Eifersucht und Freude. Humor, weil sie ihn schon lange nicht mehr so verwirrt gesehen hatten, wenn überhaupt jemals. Eifersucht, weil er in ein paar Minuten die Frau heiraten würde, die er mit Leib und Seele liebte, und sich nicht davor scheute, das zuzugeben. Freude aus dem gleichen Grund.

Fish sah aus, als fühlte er sich unbehaglich. Es

war Trucks Idee gewesen, den ehemaligen Agenten einzuladen. Dane »Fish« Munroe hatte zu einem Delta Force-Team gehört, das im Nahen Osten überfallen worden war. Er hatte durch einen Sprengsatz einen Teil seines Arms verloren. Truck und der Rest des Teams hatten ihm das Leben gerettet und ihn mitten aus dem Getümmel in Sicherheit gebracht.

Fish war wegen seiner Verletzungen aus medizinischen Gründen aus der Armee entlassen worden und befand sich immer noch in der Rehabilitationsphase. Er war blass und sein Körper wirkte steif. Es war offensichtlich, dass er nicht genau wusste, warum er überhaupt dort war, doch Truck hatte den Mann so lange bearbeitet, bis er zugestimmt hatte, an der Hochzeit teilzunehmen. Und nicht nur das, er würde auch einer der Trauzeugen sein. Man konnte leicht erkennen, dass Fish abwesend war. Er hatte nicht nur einen Teil seines Arms verloren, sondern auch sein ganzes Delta-Team und seinen Job.

Deshalb hatte Truck den Mann sozusagen adoptiert. Er besuchte Fish so oft wie möglich in der Rehaklinik in Austin, sprach mit ihm über seine verstorbenen Teamkollegen und versuchte generell, ihn aus der Reserve zu locken. Die Hochzeit war ein weiterer Versuch, ihn wieder zurück in die Welt der Lebenden zu bringen.

Fletch neigte den Kopf zur Seite und zog an seinem Hemdkragen. Er trug die blaue Armee-Uniform nicht oft, doch er konnte sich nicht vorstellen, an seinem Hochzeitstag irgendetwas anderes zu tragen. Seine Freunde und Teamkollegen steckten ebenfalls alle in ihren Ausgehuniformen und er musste zugeben, dass sie stattlich aussahen.

»Hast du heute überhaupt einen Blick auf Emily werfen können?«, fragte Hollywood.

»Nein, verdammt«, murrte Fletch.

»Ein Delta, der etwas auf sich hält, wäre nicht gescheitert«, neckte ihn Blade.

Fletch streckte seinem Freund den Mittelfinger entgegen. Er hatte ja nicht *wirklich* versucht, sie zu sehen. Blade hatte recht, wenn er seine Braut wirklich hätte sehen wollen, bevor sie zum Altar geführt wurde, hätte er schon dafür gesorgt. Doch er wusste, dass Tradition ihr viel bedeutete, und er würde alles in seiner Macht Stehende tun, um diesen Tag für die Liebe seines Lebens perfekt zu gestalten. Deshalb hatte er nur ein paar halbherzige Versuche unternommen, von denen er gewusst hatte, dass sie keinen Erfolg haben würden. Er hatte jedoch gehofft, dass er sie so zum Lachen bringen würde. Er konnte es kaum erwarten zu sehen, wie Emily zum

Altar schritt ... bereit, den Rest ihres Lebens mit ihm zu verbringen.

Der Pastor steckte den Kopf in den Raum und sagte: »Wir sind gleich so weit. Bitte folgen Sie mir und nehmen Sie Ihre Plätze ein.«

Die Männer verließen der Reihe nach den Raum, bis nur noch Ghost und Fletch übrig waren. Ghost legte seinem Freund die Hand auf die Schulter und drückte sie. »Ich freue mich für dich, Fletch. Du und Emily seid füreinander bestimmt.«

»Danke«, sagte Fletch. »Ich weiß, dass viele Männer sich vor diesem Moment fürchten oder Zweifel haben, aber ich freue mich so darauf, Emily zu meiner Frau zu machen, dass es sich fast so anfühlt, als würde ich kurz vor einem HALO Sprung in einem Flugzeug an der offenen Tür stehen.«

Ghost lachte. »Wirklich so gut?«

»Und wie! Wann wirst du Rayne zu einer ehrbaren Frau machen?«

Ghost trat einen Schritt zurück und schaute Fletch ernst an. »Ich hätte sie schon hundertmal geheiratet, aber sie ist noch nicht bereit.«

»Was ist denn los?«

Ghost schaute zur Tür und sagte schnell: »Dafür haben wir jetzt keine Zeit. Kurz gesagt, sie macht sich Sorgen um Mary. Ich weiß nicht, was mit ihrer besten Freundin los ist, aber irgendetwas stimmt nicht. Vielleicht ein medizinischer Rückschlag, bei all den Arztterminen, die sie hat. Rayne macht sich Sorgen, dass Mary möglicherweise einen Rückfall haben könnte, und will deshalb nicht einmal daran *denken*, eine Hochzeit zu planen.«

Fletch legte Ghost zur Unterstützung die Hand auf die Schulter, sagte jedoch nichts.

»Aber ich kann dir garantieren, dass ich sie heiraten werde. Eigentlich gehört sie schon mir. Ich habe mein Testament aktualisiert, ihr Zugriff auf mein Bankkonto gegeben und sie bei der Armee als meine nächste Angehörige eintragen lassen, damit sie eine Hinterbliebenenrente bekommt, falls mir etwas zustoßen sollte. Wenn es nach mir ginge, würde ich sie morgen schon heiraten, aber ich respektiere sie und ihre Freundschaft mit Mary und werde warten, bis sie bereit ist. Rayne weiß, dass ich einen Ring für sie habe, sie hat ihn gesehen und weiß, dass sie die Frau fürs Leben für mich ist. Im Moment reicht das für uns beide.«

»Es mag zwar altmodisch sein«, sagte Fletch, »aber irgendwie ist es anders, wenn du weißt, dass deine Frau rechtmäßig zu dir gehört. Vielleicht benehme ich mich da wie ein Höhlenmensch, aber ein Teil von mir wird erleichtert sein, wenn wir den

Papierkram erledigt haben. Dann kann ich sie offiziell bei der Armee als meine Frau registrieren, ihr einen Ausweis besorgen und sie und Annie bei der Krankenkasse anmelden. Ich weiß nicht, was es ist, aber es lohnt sich. Tu es, sobald Rayne sagt, dass sie bereit ist. Du wirst es nicht bereuen.«

»Das weiß ich«, sagte Ghost. »Also, dann lass uns dafür sorgen, dass du unter die Haube kommst. Bist du bereit?«

»Und wie«, murmelte Fletch und zog am Saum seiner Uniformjacke. »Los geht's.«

Fletch stand vorne in der Kirche und ließ den Blick über die Bänke wandern, während er auf Emily wartete. Er und Emily hatten beschlossen, die Gästeliste kurz zu halten, doch die Anzahl der Leute, die ihm gesagt hatten, dass sie seine Hochzeit auf keinen Fall verpassen würden, hatte ihn überwältigt.

Natürlich standen seine Teamkollegen und Fish als Trauzeugen neben ihm, unter den Anwesenden waren jedoch auch die SEALs, mit denen sie in der Türkei zusammengearbeitet hatten. Wolf, Abe, Cookie, Mozart, Dude und Benny trugen ihre weißen Uniformen, die in starkem Kontrast zu den hölzernen Kirchenbänken und der dunklen Kleidung der anderen Gäste standen.

Penelope »Tiger« Turner, die Frau, die sie aus der Türkei gerettet hatten, war ebenfalls da. An ihrer Seite stand ein Mann, der eine schwarze Hose und ein blaues Hemd mit einem Feuerwehrabzeichen trug. Er war groß, fast einen Kopf größer als Tiger, und hatte seine Hand nicht von ihrem Kreuz genommen, bis sie sich hinsetzten. Fletch wusste nicht, wer er war, doch es war offensichtlich, dass ihm die Frau viel bedeutete.

Es überraschte ihn nicht, dass TJ Rockwell auch anwesend war. Er saß auf der anderen Seite von Tiger. Er trug seine Highway Patrol-Uniform. Er war früher in einem Delta-Team gewesen und hatte Emily das Leben gerettet, als dieses Arschloch Jacks sie umbringen wollte. Fletch und sein Team hatten nicht offiziell mit ihm zusammengearbeitet, doch es galt die Regel »Einmal ein Delta, immer ein Delta«. Er würde jederzeit willkommen sein in ihrer Truppe.

Fletchs Blick wanderte zu einer anderen Bank, wo ein Mann saß, den er vor diesem Tag noch nie gesehen hatte. John Keegan. Tex. *Der* Tex. Der Mann war in ihren streng geheimen Militärkreisen berüchtigt und hatte dazu beigetragen, das Leben fast aller

Frauen der SEALs zu retten, und in Einsätzen mitgeholfen, an denen mehrere Freunde von TJ beteiligt gewesen waren.

Neben Tex saß eine hübsche Frau, deren Hand auf seinem Oberschenkel ruhte. Ihr blondes Haar war aufwendig an ihrem Hinterkopf hochgesteckt und sie strahlte übers ganze Gesicht. Das Baby, das in ihrem Arm schlief, sah genauso aus wie sie. Es hatte einen blonden Flaum auf dem Kopf und war klein und zart. Das Mädchen im Teenageralter, das auf ihrer anderen Seite saß, sah jedoch ganz anders als das Pärchen aus. Es hatte dunkle Olivenhaut, schwarzes Haar und kam offensichtlich aus dem mittleren Osten.

Fletch hatte erfahren, dass sie Akilah hieß und Tex' und Melodys Adoptivtochter aus dem Irak war. Er war nur etwas überrascht gewesen, als er die Prothese am Arm des Mädchens entdeckt hatte. Doch dann dachte er, dass es Tex, dem auch ein Teil seines Beins fehlte, ähnlichsah, ein junges Mädchen zu adoptieren, dem auch eine Gliedmaße fehlte.

In genau diesem Moment richtete Akilah ihren Blick auf Fish.

Fletch drehte den Kopf und schaute den anderen Delta aus dem Augenwinkel an. Fish, der am Ende der Männerreihe vorne in der Kirche stand, trat unruhig von einem Bein aufs andere. Er ließ den Blick von der Eingangstür zu den Fenstern auf beiden Seiten des großen Raumes schweifen. Sein linker Arm hing schlaff an seiner Seite herunter und der dreizackige Haken seiner Prothese glänzte im hellen Licht.

Fletch wandte die Aufmerksamkeit wieder Akilah zu und dachte für sich, dass die beiden vielleicht auf irgendeine Weise gut füreinander sein könnten.

Der Gedankenstrom über seine Freunde und Familienangehörigen wurde unterbrochen, als die Flügel der großen Kirchentür knarrten und sich langsam öffneten.

»Warte, bis du dein kleines Mädchen und deine Frau siehst, Fletch«, flüsterte Beatle leise von rechts. »Sie sehen fantastisch aus.«

Ohne sich von der Tür abzuwenden, damit er den ersten Blick auf die beiden Menschen, die er mehr als alles andere auf der Welt liebte, nicht verpasste, murmelte Fletch: »Halt die Klappe, du Arschloch.«

Er hörte, wie alle seine Freunde lachten, ignorierte sie jedoch, während er wartete.

Harley war die Erste, die im Eingang erschien, und trotz der Orgelmusik konnte man gut hören, dass Coach nach Luft schnappte. Die Frau sah umwerfend aus. Wie die kleine Annie machte sie sich im Alltag nie besonders schick. Sie trug lieber Jogginghosen und T-Shirts als Röcke und Kleider, doch heute sah sie fantastisch aus.

Ihr Haar war auf raffinierte Weise hochgesteckt und die weißen Blüten bildeten einen Kontrast zu dem dunkleren Ton ihrer Locken. Ihr dunkelblaues Kleid schmiegte sich eng an ihren schlanken Körper und bewegte sich, während sie den Mittelgang entlang eilte. Sie ging mit schnellen Schritten, als würde es ihr nicht gefallen, das Zentrum der Aufmerksamkeit zu sein, was wahrscheinlich auch der Fall war. Ihr Blick war auf Coach gerichtet, als sie zur Vorderseite der Kirche ging, und Fletch sah, wie sie ihm tonlos »Ich liebe dich« zuflüsterte, bevor sie nach links abbog, um ihre Position einzunehmen.

Emily hatte sich Sorgen gemacht, weil sie nur drei Brautjungfern hatte und er sieben Trauzeugen haben wollte, doch am Ende hatten sie beschlossen, dass es keine Rolle spielte, wenn sie gegen die Tradition verstießen und eine unterschiedliche Anzahl Trauzeugen hatten. Sie würden ihre Hochzeit auf ihre Weise feiern und wem das nicht passte, der konnte sich verziehen.

Fletchs Blick schweifte wieder zur Tür zurück und er beobachtete, wie Mary als Nächste den Gang entlangschritt. Sie trug ihr Haar kurz, deshalb konnte es nicht wirklich hochgesteckt werden, doch sie hatte eine Klammer mit funkelnden Kristallen im Haar, die glitzerten, als sie sich ihnen näherte.

Fletch wollte die Reaktion seines Freundes sehen und drehte den Kopf. Truck schaute Mary mit einem sehnsüchtigen und gleichzeitig sorgenvollen Blick an. Die Sehnsucht konnte Fletch verstehen; es war mehr als offensichtlich, dass der größte, gemeinste und härteste Mann in ihrem Team sich in die kleine, kratzbürstige beste Freundin von Rayne verliebt hatte. Die Sorgen machten hingegen weniger Sinn. Jeder, der auch nur fünf Minuten mit Mary verbrachte, konnte erkennen, dass sie auf sich selbst aufpassen konnte und *wollte*.

Obwohl es zwischen Truck und Mary einige geheimnisvolle Anrufe gegeben hatte, wusste Fletch nicht, worüber Truck sich Sorgen machte. Er hatte jedoch keine Zeit mehr, sich darüber zu wundern, während Mary ihren Platz neben Harley einnahm.

Als Nächste war Rayne an der Reihe. Durch ihren Job als Flugbegleiterin war sie etwas aufgeschlossener als die anderen Frauen in der Gruppe. Es war beeindruckend, dass die Hölle, die sie in

Ägypten durchgemacht hatte, sie irgendwie mental stärker gemacht hatte und sie nicht daran zerbrochen war. Rayne lächelte Ghost an, während sie sich näherte, in ihrem Blick konnte man deutlich ihre Liebe für ihn erkennen.

Nun konnte Fletch sich sein breites Grinsen nicht mehr verkneifen. Er schaute gespannt in Richtung Eingang. Der Moment, auf den er gewartet hatte, war endlich gekommen. Annie.

Er hatte seine Tochter schon gesehen, als sie ihn auf der Toilette »erwischt« hatte, während er auf Emily gewartet hatte. Sie sah entzückend aus und er hätte um nichts auf der Welt etwas an ihrem Outfit ändern wollen. Ihr weißes Kleid war mit Spitzen und Rüschen verziert, bauschte sich von der Taille an abwärts auf und reichte bis auf den Boden. Es war ganz anders als die Kleidung, die das kleine Mädchen normalerweise trug, und er hätte nie gedacht, dass sie dies tatsächlich anziehen würde.

Seine Tochter hasste mädchenhafte Dinge. Verabscheute sie. Doch da ihre Mutter weiß tragen wollte und ihr Vater sie darum gebeten hatte, hatte Annie zugestimmt, das Kleid anzuziehen. Aber nur während der Zeremonie. Nicht während der Hochzeitsfeier. Emily und er hatten sich sofort damit einverstanden erklärt, dass sie danach tragen durfte, was sie wollte. Sie waren sogar noch einen Schritt weitergegangen und hatten beschlossen, dass niemand während der Party schicke Klamotten tragen durfte. Keine Uniformen, keine Cocktailkleider. Es waren alle dazu aufgefordert worden, bequeme Kleidung anzuziehen, bevor sie sich auf den Weg zur Hochzeitsfeier bei ihnen zu Hause machten.

Am besten gefielen Fletch die kleinen Kampfstiefel, die Annie trug. Sie waren typisch Annie. Truck hatte sie ihr gekauft und sie speziell für die Adoptionszeremonie anfertigen lassen. Seitdem hatte sie sie fast jeden Tag getragen. Eines Abends, als sie Fletch beim Polieren seiner Schuhe für die Hochzeitszeremonie zugesehen hatte, bestand sie darauf, dass Fletch ihr beibrachte, wie man *Kampfstiefel* polierte. Also hatte er seiner Tochter beigebracht, wie sie ihre Kampfstiefel polieren und zum Glänzen bringen konnte, während er dasselbe mit seinen Schuhen tat. Das war zwar nicht gerade der Vater-Tochter-Zeitvertreib, den er sich vorgestellt hatte, doch er tat es gern.

Annie lächelte ihn vom anderen Ende des Mittelgangs aus an und ging dann mit langsamen Schritten auf ihn zu, so wie sie es geübt hatten. Sie streckte vor Konzentration die Zunge heraus, während sie eine Blüte aus ihrem Korb nahm und sie zu Boden fallen ließ. Ihr Blick war auf ihren Korb gerichtet und sie versuchte, alles richtig zu machen.

Fletch lächelte. Ihr Haar umrahmte unbändig ihr Gesicht und fiel ihr lose auf die Schultern. Es war interessant, dass sie, obwohl sie Mädchendinge überhaupt nicht mochte, niemandem erlaubte, ihr langes Haar zu schneiden. Dafür war er dankbar, denn sie hatte schönes Haar. Lang, glänzend und dicht. Ja, im Moment war es etwas unordentlich, doch das war typisch Annie.

Fletch hörte leises Lachen, das aus dem hinteren Teil der Kirche kam und Annie folgte, während sie langsam in Richtung Altar ging. Er wusste nicht, worüber alle lachten, bis Ghost ihm zuflüsterte: »Schau mal, was sie da streut.«

Fletch ließ den Blick von seiner Tochter auf den Boden schweifen – und erstickte fast, weil er sich so sehr das Lachen verkneifen musste.

Annie ließ weiße Blüten fallen, so wie man es ihr gesagt hatte, doch sie ließ auch kleine, grüne Armeefiguren fallen. Sie griff in den Korb, nahm eine Blüte heraus und ließ sie fallen, danach eine Armeefigur. Sie ging langsam den Mittelgang entlang und streute abwechselnd Blüten und Spielfiguren.

So sehr er auch mit ihr schimpfen wollte, weil sie

so ungehorsam war, er brachte es nicht übers Herz. Es war so verdammt süß. Er fragte sich, ob Emily über eine der Figuren stolpern und sich den Knöchel verdrehen würde.

Kaum schoss ihm dieser Gedanke durch den Kopf, bewegte sich Dude, einer der SEALs.

Er saß bereits im hinteren Teil des Raumes, ging jedoch schnell den Gang entlang und schob unbemerkt die Spielzeuge zur Seite. Dann stellte er sich in den hinteren Teil der Kirche, um nicht die Aufmerksamkeit auf sich zu lenken.

Fletch entspannte sich. Er kannte das SEAL-Team nicht gut, doch es war offensichtlich, dass Dude der Typ Mann war, der sich um seine Frau kümmerte. Fletch hätte wetten können, dass der Mann eine Tochter hatte ... eine, die er besonders gut beschützte.

Annie war am Ende des Ganges angelangt und strahlte Fletch an. »Hallo, Daddy Fletch!«, sagte sie laut. »Ich bin bereit und du und Mommy könnt jetzt heiraten. Ich meine, ihr schlaft ja schon im selben Bett, daran ändert sich nichts, nur dass Mommy jetzt auch ›Fletch‹ sein wird.«

Fletch spürte, wie ihm das Blut vom Nacken bis in die Wangen strömte, und versuchte, das Lachen der Männer zu ignorieren, die links von ihm standen. Dann kniete er sich hin und streckte seiner Tochter die Arme entgegen. Annie ließ ihren Korb, die Blüten und die wenigen Armeefiguren, die noch darin lagen, fallen, lief in Richtung Altar und warf sich in Fletchs Arme.

Fletch umarmte ihren kleinen Körper, drückte sie fest an sich und atmete den Geruch des kleinen Mädchens ein, während er sein Gesicht in ihrem Nacken vergrub. »Ich hab dich lieb, Knirps.«

»Ich hab dich auch lieb, Daddy.«

»Jetzt stell dich neben Rayne und dann geht's los, okay?«

»Ja«, sagte Annie und nickte begeistert. »Los geht's!« Sie lief zu ihrem Korb zurück und kniete sich hin. Ihr Kleid bauschte sich um sie herum auf, während sie die Armeefiguren wieder in den Korb legte und die Blüten ignorierte, die in einem Haufen auf dem Boden lagen. Dann lief sie zu Rayne und quetschte sich zwischen sie und Mary.

Nun erklang der Hochzeitsmarsch und alle Gäste standen auf und drehten sich um. Fletch wandte den Blick von seiner Tochter ab und schaute in Richtung Eingang. Die Tür war geschlossen worden und zwei Männer standen davor – Fletch hatte keine Ahnung, wer sie waren, doch das kümmerte ihn nicht – und hielten mit je einer Hand einen Griff fest, bereit, die Tür zu öffnen und Emily hereinzulassen.

Wie in Zeitlupe beobachtete Fletch, wie die Männer einen Schritt zurücktraten und die Tür öffneten. Der Eingang war einen Moment leer, doch dann trat Emily in ihrer ganzen Hochzeitspracht von der Seite her in die Tür.

Fletch stockte der Atem und er merkte, dass er keuchte, als er seine Braut zum ersten Mal erblickte. Er hatte ihr Kleid noch nicht gesehen und es war absolut atemberaubend.

Es hatte einen tiefen Ausschnitt, der den Ansatz ihres Dekolletés zeigte. Die Taille war mit Spitze verziert, die jede Kurve ihres entzückenden Körpers betonte. Die Spitze erstreckte sich vom Korsett bis zu den Armen und bedeckte sie, gleichzeitig war ihre gebräunte Haut darunter sichtbar. Der Rock war von der Taille und ihren Hüften aus weit geschnitten und fiel hinter ihr in eine Schleppe. In ihren Händen hielt sie einen Strauß Calla-Lilien, die zu einem einfachen und eleganten Bouquet gebunden waren. Fletch konnte ihren Hinterkopf und ihre Frisur nicht sehen, doch er wusste, dass ihr Haar kunstvoll hochgesteckt war, denn sie hatte an diesem Tag zwei Stunden im Schönheitssalon verbracht.

Doch es war das Lächeln auf ihrem Gesicht, die Vorfreude und die Liebe in ihrem Blick, die er am anziehendsten fand. Sie hielt den Augenkontakt, während sie langsam den Gang entlangging. Sie hatten überlegt, ob sein Vater sie zum Altar führen sollte, da ihre eigenen Eltern nicht mehr lebten, doch sie hatte abgelehnt und gesagt, dass sie absolut in der Lage wäre, alleine zum Altar zu schreiten ... außerdem würde sie von niemandem übergeben werden, sie würde sich ihm *selbst* geben.

Fletch konnte den Blick nicht von ihr abwenden, während sie sich ihm näherte, und ihr ging es genauso. Ungefähr auf halbem Weg stolperte sie. Ihr Gesichtsausdruck verriet ihre Überraschung und ihre Angst, doch sie fing sich wieder und konnte sich auf den Beinen halten. Fletch lief auf sie zu, bevor er überhaupt darüber nachdenken konnte. Er sah aus dem Augenwinkel, dass drei der SEALs – plus TJ, der Feuerwehrmann an Tigers Seite, und einige andere Männer – ebenfalls aufgesprungen waren und ihr zu Hilfe eilen wollten.

Doch er war schneller als alle anderen, schlang den Arm um Emilys schlanke Taille und zog sie zu sich heran. Er lehnte sich zu ihr und flüsterte ihr ins Ohr: »Unsere Tochter hat beschlossen, den Gang nicht nur mit Blumen, sondern auch mit ihren Armeepuppen zu schmücken.«

Emilys Augen funkelten, als sie ihn anschaute. »Ich habe nichts anderes erwartet.«

Die Musik spielte im Hintergrund weiter, doch Fletch hatte nur Augen für die Frau, die er von ganzem Herzen liebte. »Du siehst wunderschön aus.«

»Du auch«, erwiderte sie sofort leise.

Fletch wusste nicht, wie lange sie dort stehen geblieben wären und sich gegenseitig angestarrt hätten, hätte Wolf, der Anführer der SEALs, sich nicht in den Gang gestellt und laut gesagt: »Wir haben nicht den ganzen Tag Zeit, Mann. Du kannst sie später bestaunen. Ihr habt ein Gelübde abzulegen!«

Fletch hob den Kopf, schaute den Mann an und wandte sich dann wieder Emily zu. Er trat einen Schritt zurück, hielt ihr den Ellbogen hin und verbeugte sich leicht. »Darf ich dich zum Altar führen, Liebste?«

Emily hängte sofort ein und schmiegte sich an ihn, während sie zu ihm aufschaute und sagte: »Ich bitte darum.«

So schritten sie Arm in Arm bis zum Altar, wo der Pastor auf sie wartete. Er hatte ein breites

Lächeln auf dem Gesicht, die leichte Verzögerung und der veränderte Ablauf schienen ihn nicht im Geringsten zu stören. Fletch lächelte Annie an, zwinkerte ihr zu und freute sich, als sie ungeschickt zurück zwinkerte.

Rayne nahm Emily das Bouquet ab und der Pastor begann mit der Zeremonie. Wenn man ihn gefragt hätte, hätte Fletch keine Ahnung gehabt, wovon der Mann sprach, er nahm einfach an, dass es die übliche Hochzeitspredigt war. Er hatte nur Augen für Emily und die Liebe, die er in ihren Augen sah. Alles, was er wahrnahm, war die Wärme ihres Körpers, jetzt, wo sie vor ihm stand und er ihre Hände hielt. Er hörte seinen eigenen schnellen Atem, während er gespannt darauf wartete, ihr das Eheversprechen zu geben.

Dann war es endlich so weit.

Der Pastor wandte sich an ihn und sagte: »Sie haben ja, soviel ich weiß, Ihre eigenen Gelübde vorbereitet.«

Er und Emily nickten gleichzeitig.

Der Pastor nickte ebenfalls, verschränkte die Hände hinter dem Rücken und wartete auf Fletch. Emily hatte vorgeschlagen, dass sie ihre eigenen Gelübde ablegen könnten, doch am Anfang war Fletch nicht besonders begeistert von dieser Idee gewesen. Er hatte nicht gewusst, was er sagen sollte, und befürchtete, er würde nicht die richtigen Worte finden, die zu Emilys Gelübde passten. Doch als er die Enttäuschung im Gesicht seiner Verlobten sah, obwohl sie versucht hatte, sie zu verbergen, kapitulierte er.

Und jetzt war er froh. Er konnte es kaum erwarten, vor Emily, all seinen Freunden, seiner Familie und Gott zu bezeugen, wie viel ihm dieser Moment bedeutete.

Er drehte sich zu Emily um und ergriff ihre Hände. Er hob sie an den Mund und küsste sanft einen Handrücken nach dem anderen, ließ jedoch die Lippen etwas länger auf dem zweiten ruhen, bevor er ihr in die Augen schaute und anfing zu sprechen.

»Emily, du weißt, dass ich ein praktisch veranlagter Mann bin. Ein Soldat. Das ist alles, was ich je sein wollte, und alles, was ich je war. Doch in dem Moment, als du an meine Tür geklopft und gefragt hast, ob die Wohnung noch zu vermieten sei, bin ich zu einem anderen Mann geworden. Es ist, als hätte die romantische und kitschige Seite von mir nur darauf gewartet, dass du in mein Leben trittst. Ich denke jede freie Minute an dich. Frage mich, wo du bist. Was du machst. Wie es dir geht. Ob du lächelst, lachst oder weinst ... Ich verabscheue jede Sekunde, in der ich dein hübsches Lächeln verpasse, und die Tage und Wochen, an denen ich arbeite und nicht mit dir zusammen sein kann und weiß, dass du dir Sorgen um mich machst. Doch etwas, worüber du dir nie Sorgen machen musst, ist meine Liebe für dich. Ich muss mich jeden Morgen kneifen, wenn ich an deiner Seite aufwache, um mich davon zu überzeugen, dass ich nicht träume. Jedes Mal wenn ich dich mit unserer Tochter lachen sehe, erinnere ich mich daran, was für ein Glückspilz ich bin. Es wird bestimmt auch schwere Zeiten geben, Zeiten, in denen wir streiten, Zeiten, in denen wir aufeinander sauer sind, und sogar Zeiten, in denen wir krank oder verletzt sind, doch du musst wissen, dass mein Herz *immer* dir gehört.

Ich werde dich nie verlassen. Niemals. Du bist die einzige Frau, die ich will, jetzt und für immer. Ich werde dein Vertrauen nie missbrauchen, nie hinter deinem Rücken schlecht über dich reden und dir nie die Schuld für etwas geben, das in der Zukunft passieren könnte. Und wenn ich dir weggenommen werde«, Fletch ignorierte die Tränen, mit denen sich ihre Augen füllten und die ihr schließlich über die Wangen kullerten, »musst du wissen, dass ich alles in meiner Macht Stehende getan habe, um bei dir zu bleiben. Um zu dir und Annie zurückzukehren. Und nicht nur das, du heiratest heute zwar mich, bekommst aber sieben weitere Beschützer«, sagte er und deutete, ohne den Augenkontakt mit Emily abzubrechen, auf seine Delta-Teamkollegen und Fish, die hinter ihm standen, »die Himmel und Hölle in Bewegung setzen werden, damit du, unsere Tochter und alle unsere zukünftigen Kinder alles habt, was ihr braucht. Du heiratest heute nicht nur mich, sondern eine große Familie. Du bekommst eine Mom, einen Dad und sieben Brüder und Annie bekommt sieben Onkel. Ich liebe dich, Miracle Emily Grant. Mehr, als ich es je für möglich gehalten hätte.«

Fletch wollte eigentlich noch mehr sagen, doch dazu war er nicht mehr in der Lage. Seine Stimme hatte während des letzten Satzes des Gelübdes versagt und die Tränen, die der Liebe seines Lebens übers Gesicht flossen, hatten ihm den Rest gegeben.

Emily umklammerte seine Hände und lehnte sich an seine Brust. Sie vergrub das Gesicht in seiner Uniform und schnüffelte laut. Fletch ließ ihre Hände los und umarmte sie, eine Hand ruhte an ihrem Kreuz und die andere auf der Knopfleiste, die die Rückseite ihres Kleides zierte. Sie klammerte sich an ihm fest, während er sie zu sich heranzog.

Der Pastor und alle ihre Freunde, die zuschauten, gaben ihnen die Zeit und den Raum, die sie brauchten, um die starken Emotionen zu bewältigen. Schließlich räusperte sich der Pastor und Emily löste sich aus der Umarmung. Rayne trat einen Schritt vor und reichte ihr ein Taschentuch. Emily wischte sich vorsichtig die Augen und Wangen und versuchte, ihr Make-up nicht zu ruinieren.

Sie gab ihrer Brautjungfer das Taschentuch zurück, schaute den Pastor an, der nickte, und atmete tief durch, bevor sie wieder Fletchs Hände ergriff, so wie sie es getan hatte, bevor sie von Emotionen überflutet worden waren.

»Ich hätte *wirklich* zuerst reden sollen«, murmelte sie und grinste leicht. Diejenigen, die ihnen am nächsten saßen, lachten verhalten, als sie hörten, was Emily sagte. Danach fuhr sie lauter fort: »Ich liebe dich. Ich war so lange alleine, dass ich vergessen hatte, wie es sich anfühlt, jemandem zu vertrauen. Sich auf jemand anderen zu verlassen. Das hast du mir wieder beigebracht ... und noch viel mehr. Ich wollte eigentlich warten, bis Annie erwachsen ist, bevor ich wieder mit jemandem ausgehe, doch als ich dich getroffen habe, habe ich dir sofort vertraut. Obwohl wir lange Zeit nicht miteinander gesprochen haben, habe ich dir vertraut. Ich bin nicht ausgezogen, weil ich wusste, dass du uns nicht wehtun würdest. Als wir entführt wurden, wusste ich, dass du uns finden würdest. Als du gesagt hast, dass du Annie adoptieren willst, habe ich dir vertraut, obwohl wir noch nicht verheiratet waren. Wenn du zur Arbeit gehst, *weiß* ich, dass du alles in deiner Macht Stehende tust, um zu mir und unserer Tochter zurückzukehren. Ich vertraue darauf, dass deine Freunde dir dieselbe Rückendeckung geben wie du ihnen. Mein ganzes Leben lang habe ich, außer mir selbst, nie jemandem vertraut. Cormac Fletcher, ich werde dir ein Leben lang treu sein. Ich werde mit dir durch dick und dünn gehen und dich lieben, egal ob du krank oder gesund bist.«

Ihr Blick schweifte von ihm ab und landete auf Dane Munroe, der am Ende der Reihe der Trauzeugen stand, und sie sagte: »Falls du verwundet nach Hause kommst oder eine Gliedmaße verlierst, werde ich dich nicht weniger lieben.«

Sie richtete den Blick wieder auf ihn.

»Eigentlich würde ich dich sogar noch *mehr* lieben, weil ich weiß, wie hart du gekämpft hast, um zu mir zurückzukehren. Ich liebe dich und dies ist der glücklichste Tag meines Lebens.«

Nachdem sie ihr Gelübde abgelegt hatte, drehte

sich Emily zu Annie um, die schnell vorwärts trat, und streckte ihr die Hand entgegen.

Fletch zog die Augenbrauen hoch. Das gehörte nicht zu dem Plan, den sie eingeübt hatten.

»Und es ist auch der besteste Tag meines Lebens«, mischte Annie sich ein, schmiegte sich an ihre Mutter und schaute Fletch an. »Außer der Tag, an dem du offiziell mein Daddy geworden bist, der war fast gleich gut.«

Alle lachten, doch Annie ignorierte sie und fuhr fort. »Meine Mommy ist die Beste. Ich könnte mir keine bessere Mommy wünschen. Aber seit wir dich getroffen haben und in die Wohnung über deiner Garage gezogen sind, ist sie noch besser. Danke, dass du uns liebst. Danke, dass du mein Daddy sein willst. Und danke, dass du eine ehrbare Frau aus meiner Mommy gemacht hast.«

Fletch grinste übers ganze Gesicht. Annie schnappte die seltsamsten Dinge auf, die sie dann in den unpassendsten Momenten wieder ausspuckte. Wie jetzt. Er ignorierte das erstickte Lachen des Pastors, kniete nieder und griff nach Annies Hand.

»Ich habe versprochen, deine Mutter immer zu lieben und zu respektieren, Knirps, und dasselbe gilt auch für dich. Ich heirate heute nicht nur deine Mommy, sondern binde uns drei offiziell zusammen.

Du bist schon meine Tochter, Annie Elizabeth Grant Fletcher, aber heute machen wir es doppelt offiziell.«

»Toll«, flüsterte Annie.

»Ja, toll«, wiederholte Fletch. Dann zog er sie zu sich und umarmte sie fest, bevor er sie losließ und aufstand.

Annie lächelte die beiden an und flüsterte ihrer Mutter laut zu: »Jetzt kommt der gute Teil, Mommy ... du darfst ihn küssen!« Dann nahm sie wieder ihren Platz neben Rayne ein, während die Anwesenden sich erneut das Lachen verkneifen mussten.

Fletch trat mit vor Freude strahlenden Augen näher an Emily heran, schaute jedoch erwartungsvoll den Pastor an.

»Ich glaube, das war mein Stichwort. Cormac Fletcher. Miracle Emily Grant. Kraft des mir vom Staat Texas verliehenen Amtes erkläre ich Sie nun zu Mann und Frau. Sie dürfen die Braut küssen«, sagte er zu Fletch.

Fletch zögerte keine Sekunde, ignorierte das Klatschen und Rufen seiner Freunde, griff mit beiden Händen nach Emilys Kopf und beugte sich zu ihr hinunter. Er genoss, dass sie leicht das Kinn anhob, um es ihm leichter zu machen, und mit ihren Händen seine Handgelenke umfasste.

Fletch flüsterte: »Ich liebe dich«, und bedeckte dann ihre Lippen mit seinen. Während er Emily zum ersten Mal als seine Frau küsste, kam rund um ihn herum alles zum Stillstand. Sie öffnete sofort den Mund und erlaubte ihm, sich zu nehmen, was er wollte. Tief, hart und nass.

Als er sich schließlich zurückzog, strahlten ihre Augen, sie hatte rote Wangen und er wusste, dass sie genauso erregt war wie er. Emily leckte sich die Lippen und drückte liebevoll seine Handgelenke.

»Mr. und Mrs. Cormac Fletcher!«, verkündete der Pastor.

Fletch hatte das Stichwort verstanden – obwohl er nichts anderes wollte, als die Lust zu befriedigen, die er in den Augen seiner Frau sah – und wandte sich an die Gäste. Rayne legte Emily den Blumenstrauß in die Arme und Annie hüpfte um sie herum auf die andere Seite von Fletch. Er nahm seine Tochter an die Hand und legte seiner Frau den Arm um die Taille. Dann verließen sie als offizielle Familie zu dritt die Kirche.

KAPITEL DREI

»Fletch, hör auf damit. Wir können nicht. Es warten alle auf uns«, beschwerte sich Emily halbherzig bei ihrem frischgebackenen Ehemann.

Sie hatte ein paar gute Küsse von ihm bekommen. Ein paar fantastische sogar. Doch der, den er ihr gegeben hatte, als sie offiziell zu Mann und Frau erklärt worden waren, würde derjenige sein, an den sie sich ihr Leben lang erinnern würde. Er war heiß gewesen und sie hatte die Liebe, die sie durchströmt hatte, während ihre Zungen sich duelliert hatten, am ganzen Körper gespürt. Wenn sie nicht vor Gott und allen Anwesenden gestanden hätten, hätte sie ihn angefleht, sie an Ort und Stelle zu nehmen.

Doch es *waren* alle da gewesen und nachdem sie die Kirche verlassen hatten, hatten sie zuerst ihre

Gäste begrüßen und dann für Fotos posieren müssen. Doch jetzt waren sie endlich allein. Rayne und Ghost hatten Annie nach Hause gebracht und ihr versprochen, ihr beim Umziehen zu helfen. Die anderen Gäste würden später auch alle zum Haus kommen.

Der Partyservice würde bis dahin alles bereitgestellt haben. Das frisch verheiratete Paar musste allen genügend Zeit lassen, zum Haus zu gelangen, damit sie ihren großen Auftritt bekamen.

Sie hatten die Kleider, die sie während der Hochzeitsfeier tragen wollten, in Marys Wohnung gebracht. Sie hatten sich eigentlich im Haus umziehen wollen, doch Mary hatte ihnen unmissverständlich klargemacht, dass sie nicht da sein durften, wenn die Gäste eintrafen. So machte man das einfach nicht. Die Tradition verlangte, dass sie angekündigt werden mussten, bevor sie das Haus als Cormac und Emily Fletcher betraten. Mary hatte darauf bestanden, dass sie sich in ihrer Wohnung umzogen und sich erst *dann* auf den Weg zurück zu ihrem Haus und zur Hochzeitsfeier machten.

Doch offenbar hatte Fletch ganz andere Dinge im Kopf, als sich Sorgen darüber zu machen, dass seine Freunde auf sie warteten. Sobald sie in Marys

Wohnung eingetroffen waren, fiel Fletch über Emily her.

»Ich kann nicht aufhören«, sagte er, während er sie küsste. »Du hast keine Ahnung, wie sehr ich in dir sein will.«

Emily errötete vor Aufregung. Obwohl sie am Vorabend miteinander geschlafen hatten, bekam sie nie genug von Fletch. Sie zitterte, während er mit den Lippen ihren Nacken liebkoste und sich mit den Fingern an der Knopfleiste auf ihrem Rücken zu schaffen machte. Er öffnete einen Knopf nach dem anderen, während er an der empfindlichen Haut ihres Nackens knapperte und leckte.

Emily stöhnte und griff nach seinen Hüften, als er langsam ihr Kleid öffnete.

Fletchs Kinn ruhte auf ihrer Schulter, mit einem Arm umfasste er ihre Taille und zog sie mit dem Rücken an seine Brust. »Trägst du ein Korsett?«, fragte er heiser. Sein Blick ruhte auf ihren Brüsten, die nun ganz sichtbar waren, nachdem das Kleid verrutscht war.

»Mhm«, bejahte sie zerstreut.

»Fick mich«, verlangte er leise.

»Das würde ja ich gern, wenn du dich nur etwas beeilen würdest«, antwortete Emily frech, drehte sich in seinen Armen um und schaute ihn an.

Ohne ein Wort zu sagen, legte Fletch die Hände auf ihre Schultern und schob langsam die Träger des schönen, weißen Spitzenkleides an ihren Armen entlang nach unten. Das Kleid fiel mit einem Rauschen zu Boden und blieb unbeachtet zu ihren Füßen liegen.

Fletch ließ den Blick von Emilys Brüsten und dem Korsett bis zu ihrer Taille wandern, dann weiter zu dem weißen Höschen und den Strumpfbändern, mit denen die weißen Strümpfe an ihren Schenkeln befestigt waren. Dann richtete er ihn langsam wieder nach oben, hielt jedoch noch einmal bei den Brüsten inne.

Emily kicherte. Fletch war gut darin, ihr nicht das Gefühl zu geben, als wollte er nur mit ihr zusammen sein, um mit ihr zu schlafen, doch im Moment genoss sie es, dass er den Blick nicht von ihrem Körper abwenden konnte. Sie fühlte sich sexy, und das erregte sie noch mehr.

Sie griff nach den Knöpfen seiner blauen Uniform. »Zieh das aus, Schatz«, forderte sie.

Ohne den Blick von ihren Brüsten abzuwenden, die sich mit ihren schnellen Atemzügen auf und ab bewegten, öffnete er abwesend die Knöpfe seiner Jacke, zog sich die Krawatte vom Hals, entfernte die Manschettenknöpfe und öffnete die ersten Knöpfe seines frisch gestärkten, weißen Hemdes.

Während er damit beschäftigt war, sich auszuziehen, machte Emily sich an seiner Hose zu schaffen, öffnete den Gurt und zog den Reißverschluss hinunter. Sie trat näher an ihn heran, schob ihre Hände in seine Hose, griff nach seinem Hintern und drückte zu. Seine Hose fiel zu Boden, so wie kurz vorher ihr Kleid.

Fletch schien nur darauf gewartet zu haben. Er zog sie zu sich, sodass ihre Hüften sich berührten, und verschlang ihren Mund. Ihre Köpfe bewegten sich hin und her, während sie versuchten, einander so tief wie möglich zu küssen.

Fletch hob sie hoch, bis ihre Füße den Boden nicht mehr berührten. Dann stieß er seine Schuhe und die Hose weg, ohne den Kuss zu unterbrechen, und machte drei Schritte vorwärts, bis ihr Rücken die Wand berührte.

Er löste seine Lippen gerade lange genug von ihren, um zu sagen: »Schling deine Beine um mich, Em.«

Sie tat sofort, was er verlangte, und umklammerte mit ihren Oberschenkeln seine Hüften. Sie konnte es kaum erwarten, ihn in sich zu spüren. Sie konnte spüren, wie ihr Höschen feucht wurde.

Fletch drückte sie etwas mehr in die Höhe und beugte sich dann über ihre Brüste. Er zog mit einer Hand so lange an ihrem Korsett, bis ihre Brüste aus den Schalen sprangen. Emily schaute nach unten und dachte, dass das ein bisschen obszön aussah ... ihre Brustwarzen waren hart und ihre cremefarbenen Brüste wurden vom Korsett nach oben gedrückt, doch bevor es ihr peinlich sein oder sie sich schämen konnte, bedeckte Fletch die eine Brust mit seinem Mund und die andere mit seiner Hand.

Emily nahm einen tiefen Atemzug und ließ den Kopf nach hinten sinken, bis er die Wand berührte. Sie griff nach Fletchs Kopf, drückte sich gegen ihn und ermutigte ihn, noch intensiver an ihren Brustwarzen zu saugen. Er gehorchte sofort und Emily spürte, wie eine neue Welle von Feuchtigkeit aus ihr sickerte. Sie drückte sich gegen seine Erektion und stöhnte. »Bitte, Fletch.«

Er hob den Kopf und fragte: »Bitte was?«

»Fick mich!«, forderte Emily sofort. »Ich will dich unbedingt in mir spüren.«

Ohne ein Wort zu sagen, drückte Fletch ihren Oberkörper gegen die Wand und befahl: »Halt dich an mir fest.«

Sie tat, was er verlangte, legte ihm beide Arme

auf die Schultern und hielt sich an seinem Nacken fest.

Zum ersten Mal, seit Fletch ihr das Kleid ausgezogen hatte, trafen sich ihre Blicke. Das Verlangen und die Liebe, die sie spürte, bewirkten, dass Emily reflexartig die Beine um ihn herum zusammendrückte. Sie spürte seine Hand zwischen ihnen, die seine Boxershorts nach unten schob, um seinen Schwanz zu befreien.

Dann spürte sie, wie er ihr Höschen zur Seite schob und mit einem Finger in sie eindrang. Sie schnappte nach Luft, während er seinen dicken Finger in sie schob, schloss jedoch die Augen nicht. Fletch fügte noch einen Finger hinzu und Emily wusste, dass er so dafür sorgen wollte, dass sie ihn ohne Schmerzen nehmen konnte. Er wollte ihr auf keinen Fall wehtun. Die Tätowierungen auf seinem Arm kräuselten sich leicht, während er seine Finger in ihr bewegte.

»Du bist so feucht«, bemerkte er unnötigerweise.

»Weil ich will, dass mein Mann mich fickt«, sagte Emily heiser und ungeduldig.

Fletch zog die Finger aus ihr und sie spürte, wie er die Spitze seines Schwanzes gegen ihren Eingang drückte. Als Fletch in sie eindrang und sie zum ersten Mal als Mann und Frau miteinander schliefen, sagte er auf so ehrfürchtige Weise »Meine Frau«, dass sich ihre Augen mit Tränen füllten.

Sie konnte nur nicken, da der Kloß in ihrem Hals verhinderte, dass sie etwas sagen konnte. Dann nahm er sie. Zuerst langsam und sanft, dann härter und schneller. Sie hatten sich nicht die Zeit genommen, sich vollständig auszuziehen, sie trug immer noch ihre hochhackigen Schuhe und das Gummiband ihres Höschens grub sich mit jedem Stoß ihres Mannes weiter in ihre Haut, doch Emily spürte nichts davon. Alles, was sie spürte, war die Liebe, die von Fletch ausging, während sie sich in die Augen schauten und miteinander schliefen.

Wie üblich kam Emily zuerst. Sie schloss die Augen und warf während des Höhepunkts den Kopf zurück. Ihre Muskeln umklammerten Fletchs Schwanz, was es für ihn schwieriger machte zuzustoßen. Sie öffnete gerade rechtzeitig die Augen, um zu sehen, wie er zum Höhepunkt kam. Jeder seiner Muskeln war angespannt und seine Augen zusammengekniffen. Mit den Händen klammerte er sich so sehr an ihrem Hintern fest, dass Emily wusste, sie würde wahrscheinlich ein paar Tage lang blaue Flecke haben. Er hielt ihre Hüften fest, während er zuckte und bebte und sich dann in ihr ergoss.

Als er fertig war, öffnete er die Augen und grinste sie an. »Himmel, das habe ich gebraucht.«

Emily kicherte, beugte sich zu ihm und küsste ihn auf die Lippen, schnell und hart. »Ich auch. Aber jetzt müssen wir *wirklich* los. Es warten bestimmt schon alle zu Hause auf uns.«

»Wirst du Mary erzählen, dass wir zum ersten Mal als Mann und Frau im Flur ihrer Wohnung Sex hatten?«

Emilys Augen weiteten sich vor Schreck. »Nein!«

Fletch lachte und zuckte mit der Schulter. »Egal. Sie wird es sowieso vermuten.«

Emily versetzte ihm einen leichten Klaps auf den Oberarm. »Halt die Klappe und lass mich runter, damit ich mich umziehen kann.«

Widerwillig zog Fletch sich zurück und ließ sie an der Wand entlang zu Boden gleiten, bis sie wieder auf den Füßen stand. Er legte seine Hand auf ihre Muschi und massierte sie einen Moment lang. »Lass das alles an.«

»Was meinst du mit ›das alles‹?«, fragte Emily, abgelenkt von der süßen Art, wie er sie hielt. Er versuchte nicht, sie anzumachen oder einen Finger in sie zu schieben. Er hielt einfach ihr nacktes Fleisch in ihrem Höschen fest.

»Das Korsett. Das Höschen, die Strümpfe. Alles.

Du siehst verdammt sexy aus und ich möchte mir heute Abend Zeit nehmen und dir ein Stück ums andere langsam ausziehen und dafür sorgen, dass meine Frau weiß, wie sehr ich den Aufwand zu schätzen weiß, den sie betrieben hat.«

Emily lachte und sagte: »Glaub mir, das weiß sie.« Dann schnappte sie nach Luft, als sie spürte, wie sein Sperma aus ihr herausfloss.

Fletch begann, ihre kombinierten Säfte langsam mit der Hand in ihre Haut zu massieren. Das hätte sie eigentlich eklig finden sollen, doch irgendwie hatte sie sich daran gewöhnt, dass Fletch es genoss, den Beweis ihres Liebesspiels mit seinen Fingern zu ertasten. Sie hatte sich einmal darüber beschwert, dass die Nachwirkungen von Sex für die Frau unangenehm waren, doch er hatte nur gesagt: »Ich wäre froh, wenn ich dich noch Stunden, nachdem wir miteinander geschlafen haben, spüren könnte. Dafür beneide ich dich.«

Deshalb kam es jetzt oft vor, dass er sie nach dem Sex massierte, damit er auch spüren konnte, wie sein Sperma aus ihr tropfte. Wenn sie im Bett waren, hatte sie inzwischen aufgehört, sich umgehend zu waschen, nachdem sie miteinander geschlafen hatten, sondern schlief oft mit seiner Hand im Schritt ein.

Widerwillig zog er seine Hand weg und sagte: »Geh duschen. Ich weiß, dass du dich während des Empfangs nicht klebrig fühlen willst.«

Sie trat einen Schritt zurück, schaute sich um, packte die Tasche mit den Kleidern, die sie an diesem Morgen in den Flur gestellt hatte, bevor sie zum Salon gegangen war, und ging in Richtung Badezimmer. Sie schüttelte den Kopf, als sie die Unordnung um sie herum betrachtete. Ihr Kleid lag verloren am Boden, seine Schuhe, Hose und Uniform lagen verstreut im kleinen Eingangsbereich herum. Sie kicherte. Mary würde es egal sein, dass sie in ihrer Wohnung Sex hatten. Sie hatte es wahrscheinlich erwartet.

Während sie aufräumte und sich anzog, bemerkte Emily plötzlich, dass Fletch mit ihr geschlafen hatte, ohne sich die Boxershorts oder die Socken auszuziehen. Sie kicherte. Es gab schlimmere Dinge im Leben, als einen Mann zu haben, der so in sie verliebt war, dass er keine Zeit hatte, sich auszuziehen, weil er sie so dringend nehmen musste.

Eine Stunde später lachte Emily mit Rayne und

Harley zusammen, während sie einen Cocktail trank. Sie hatte keine Ahnung, was darin enthalten war, doch der Barkeeper, den sie für die Hochzeitsfeier angeheuert hatten, hatte strikte Anweisungen erhalten, süße alkoholische Getränke für die Damen zu mixen und den Männern so viel Bier auszuschenken, wie sie wollten. Und bis jetzt hatte er hervorragende Arbeit geleistet. Er hatte für Annie und Akilah sogar alkoholfreie Versionen der Cocktails gemixt, die die Erwachsenen zu sich nahmen.

Emilys Blick wanderte durch den Garten und sie lächelte alle Leute an, die sie sah. Der ganze Tag war schon großartig gewesen, doch der Abend war perfekt. Es war fantastisch, alle Männer und Frauen zu sehen, die sowohl in ihr als auch in das Leben ihres Mannes involviert waren.

Fletch hatte ein Unternehmen angeheuert, um den Garten herzurichten, damit er präsentabel und gemütlich aussah. Sie hatten das Gras gemäht, eine Feuerstelle und ein paar Bänke hinzugefügt und ein Sonnendach über der Veranda angebracht. Es sah professionell und ordentlich aus ... die perfekte Kulisse für die Hochzeitsfeier und die vielen Grillfeste, die sie gern organisierten.

Die meisten Gäste trugen Jeans oder Cargohosen und T-Shirts oder Polohemden. Emily trug eine schwarze Hose und ein langärmliges, lilafarbenes T-Shirt. Es war seidig und jedes Mal, wenn Fletch seine Hände auf sie legte, konnte sie das geschmeidige Material auf ihrer Haut spüren.

Die Atmosphäre war ungezwungen und alle lachten. Emily schaute zu Fletch hinüber und sah, wie er sie angrinste. Sie hob das Kinn und zeichnete mit dem Finger den Ausschnitt ihres T-Shirts nach, um ihn zu necken. Er schaute sie mit zusammengekniffenen Augen an und sie lachte.

»Würdest du bitte aufhören, den armen Mann anzumachen«, sagte Rayne verärgert.

»Aber es macht so viel Spaß«, antwortete Emily und konnte den Blick fast nicht von Fletch abwenden.

»Wer sind noch mal die Männer, mit denen er spricht?«, fragte Harley.

»Das sind SEALs«, antwortete eine weibliche Stimme von rechts. Es war Penelope, die Feuerwehrfrau aus San Antonio. »Das sind die Männer, die mich aus der Türkei gerettet haben.«

»Ach so«, entgegnete Harley und nickte.

»Ich bin Penelope«, sagte sie zu Emily und Harley. »Wir kennen uns noch nicht.«

Die drei Frauen schüttelten sich die Hände.

»Es ist schön, dich endlich persönlich kennenzulernen«, sagte Emily. »Ich habe viel über dich von Fletch und den anderen Jungs gehört.«

Penelope rümpfte die Nase und lächelte dann.

»Nur Gutes natürlich«, beruhigte Emily sie.

»Die SEALs hatten sich auch mit unseren Delta-Jungs zusammengetan, als der ganze Schlamassel in Ägypten passiert ist«, ergänzte Rayne, nachdem sie sich einander vorgestellt hatten. »Ich kann mich vage an sie erinnern, da sie bei der Rettungsaktion geholfen haben, aber ehrlich gesagt ist meine Erinnerung etwas verschwommen. Wie geht es dir?«, fragte Rayne Penelope. Sie hatten sich oft getroffen und sich unterhalten, da sie beide eine Entführung hinter sich hatten.

Die kleinere Frau zuckte mit den Schultern. »Ich habe gute und schlechte Tage.«

»Wer ist denn der heiße Feuerwehrmann, der kaum von deiner Seite weicht, seit wir hier angekommen sind?«, fragte Emily lächelnd.

Penelope schaute sich um und sah schließlich Tucker »Moose« Jacobs, der auf der anderen Seite des Rasens stand. Er unterhielt sich mit TJ und sah sehr entspannt aus. Er trug immer noch dieselbe Hose wie in der Kirche, doch jetzt hatte er sie mit einem dunkelblauen T-Shirt mit einem kleinen Logo der Feuerwehrwache 7 auf der linken Brust kombiniert. »Zwischen uns ist nichts«, protestierte Penelope schwach.

»Klaaaar«, sagte Rayne langgezogen. »Genauso wie zwischen Mary und Truck nichts ist ... stimmt's?« Sie deutete auf das Paar, das an der Seite saß und offensichtlich eine intensive Unterhaltung führte.

Penelope zuckte mit den Schultern, lächelte jedoch sanft. »Moose denkt, dass ich schwach bin und die ganze Zeit jemanden brauche, der meine Hand hält. Obwohl ich früher Soldatin war und schon seit einer Ewigkeit Feuerwehrfrau bin.«

»Ich glaube nicht, dass er dich für schwach hält«, bemerkte Harley ernst. »Ich kenne dich zwar nicht, aber für mich sieht es eher so aus, als würde er an deiner Seite stehen wollen, *für den Fall*, dass du ihn brauchst. Er scheint sehr wachsam zu sein und lässt dich trotzdem tun, was du willst. Und wenn *ich* sehen kann, dass du gegen deine Dämonen ankämpfst, dann kann er das auch.«

Einen Moment lang herrschte Stille, doch schließlich sagte Penelope: »Ich bin nicht schwach, aber ich muss zugeben, dass es Zeiten gibt, in denen meine Dämonen mich überwältigen. Ein paar Mal ist es passiert, wenn er dabei war.« Sie schaute nach unten und spielte mit dem Kondenswasser an ihrem Glas. »Er war ... hilfsbereit.«

Die Frauen nickten und wussten genau, wovon Penelope sprach. Das hatten sie alle schon erlebt.

»Danke, dass du gekommen bist«, sagte Emily zu der anderen Frau und legte ihr die Hand auf den Arm. »Rayne hat mir viel von dir erzählt und es ist toll, dass ich dich endlich persönlich kennenlerne.«

»Dein Gatte ist ein wundervoller Mann«, sagte Penelope. »Ich kann mich gar nicht genug bei den Jungs bedanken.«

»Keiner von ihnen erwartet ein Dankeschön«, sagte Rayne sachlich.

»Ich weiß, aber ich sage es trotzdem gern.«

Alle Frauen nickten zustimmend. Sie würden nie in der Lage sein, den Deltas zu vergelten, was sie für sie getan hatten. Niemals.

Truck neigte sich zu Mary und fragte: »Was hat der Arzt gesagt?«

Mary zuckte mit den Schultern und wich Trucks Blick aus. »Nichts Neues.«

»Was bedeutet das?«, wollte Truck wissen und legte seine große Hand auf ihr Knie.

Schließlich schaute sie ihm in die Augen und bemühte sich, nicht zu weinen. Das war Emilys

Hochzeit. Ein fröhlicher Anlass. Sie konnte nicht in Tränen ausbrechen. »Die Tests sind noch nicht abgeschlossen, aber es sieht so aus, als wäre der Krebs zurückgekehrt.«

»Du musst es Rayne erzählen«, sagte Truck sanft.

Mary schüttelte energisch den Kopf. »Ich kann nicht. Das kann ich ihr nicht antun.«

»Warum nicht? Sie ist deine beste Freundin. Sie würde alles für dich tun.«

»Das weiß ich, aber ich *will* nicht, dass sie alles für mich tut. Ich glaube, mein Krebs hat *ihr* mehr geschadet als mir. Sie war am Boden zerstört und hat mich den ganzen Weg über begleitet. Sie hatte sich freigenommen, obwohl sie sich das gar nicht leisten konnte, und sich geweigert, mich alleine zu meinen Terminen gehen zu lassen. Ich habe mich viel zu sehr auf sie gestützt und will kein zweites Mal diese Art von Freundin sein. Die Art von Freundin, die mehr nimmt, als sie gibt.«

»Ich habe noch nie jemanden getroffen, der freigiebiger ist als du«, sagte Truck sanft.

Mary schüttelte traurig den Kopf. »Nein, das stimmt nicht. Denk daran, wie gemein ich immer zu dir bin.«

»Damit komme ich schon klar«, sagte Truck. »Ich finde es eigentlich ziemlich erfrischend, dass du keine Angst vor meinem Aussehen oder meiner Größe hast, so wie die meisten Leute.«

Mary schaute zur anderen Seite des Rasens hinüber, wo Rayne stand und sich mit Emily, Harley und Penelope unterhielt. »Ich habe keine Angst vor dir, Truck. Es gibt schlimmere Dinge auf der Welt, vor denen man sich fürchten sollte, aber ich sollte mich nicht wie ein Miststück benehmen.«

Truck nahm ihr Kinn in die Hand und drehte ihren Kopf. »Darf ich ehrlich sein?«

Mary beäugte den großen Mann, der neben ihr saß. Dort, wo er sie mit den Fingern berührte, kribbelte ihre Haut. Jedes Mal wenn er sie anfasste, fühlte sie sich elektrisiert. Sie wollte diesen Mann mehr, als sie jemals einen Mann gewollt hatte. Doch sie konnte ihn nicht haben. Sie hatte keine Ahnung, ob sie nächstes Jahr überhaupt noch am Leben sein würde, deshalb durfte sie auf keinen Fall etwas mit ihm anfangen. Das wäre nicht fair. »Bitte. Ich will, dass du immer ehrlich zu mir bist.«

»Es törnt mich an.«

»Wie meinst du das?«

»Dass du zickig bist. Dass du mich ›Trucker‹ nennst und mich höhnisch angrinst ... das törnt mich an.«

Mary kniff die Augen zusammen. »Das kann nicht sein. Das ist verrückt.«

Truck nahm die Hand von ihrem Knie, lehnte sich zurück und nahm einen Schluck von seinem Bier. Dann sagte er: »Schau mich an, Mary.« Er deutete auf sein Gesicht.

»Ich schaue.«

»Ich bin hässlich.«

Mary zog sich das Herz zusammen, doch sie schüttelte den Kopf und presste irritiert die Lippen zusammen. »Das bist du nicht«, bellte sie ihn an.

»Ich habe einen Spiegel zu Hause, meine Liebe. Ich weiß, wie ich aussehe. Meine Narbe ist schrecklich.« Er zeichnete mit dem Finger die rote, gezackte Narbe auf seiner Wange nach. Sie begann unter dem Auge und reichte quer über seine Wange bis zum Mundwinkel. Sie zog seinen Mund nach unten und er sah so aus, als wäre er dauernd schlecht gelaunt. »Seit das passiert ist, bist du die einzige Frau, der meine Narbe egal ist. Na ja, du und Annie. Als sie mich zum ersten Mal gesehen hat, hat sie ihre kleine Hand auf mein Gesicht gelegt und gefragt, ob es wehtäte. Ich würde alles für dieses kleine Mädchen tun. Wie auch immer, du hast dich direkt vor mich gestellt und mich angeschnauzt. Mein Schwanz ist so hart geworden, dass ich befürchtet habe, dass du das sehen könntest und entsetzt sein würdest. Aber du hast es nicht bemerkt. Du hast mich einfach weiterhin angeschnauzt, weil du dir Sorgen um Rayne gemacht hast. Es war fantastisch.«

Mary starrte Truck nur an. Wenn sie ehrlich zu sich selbst war, war seine Narbe *tatsächlich* schrecklich. Sie war höckerig und sah schmerzhaft aus. Doch nachdem sie den ersten Schock überwunden und sich vorgestellt hatte, unter welch gewalttätigen Umständen sie entstanden sein musste, schenkte sie ihr keine Aufmerksamkeit mehr. Sie hatte während ihrer verschiedenen Krankenhausaufenthalte genügend Brustkrebspatienten, Verbrennungsopfer und andere entstellte Menschen gesehen, deshalb nahm sie die Narbe in seinem Gesicht gar nicht mehr wahr. Und in den letzten Monaten hatte sie sich immer öfter an ihn gewandt. Rayne war ihre beste Freundin und würde es auch bleiben, doch Rayne hatte jetzt Ghost. Mary konnte und wollte sie nicht mit ihrem Leben voller Arzttermine und Angst vor Krebs belasten.

Sie wollte *niemanden* damit belasten, doch Truck schien es nichts auszumachen. Er tat, was er wollte, egal was sie sagte. Am Anfang hatte es sie verärgert, doch in letzter Zeit hatte sie einfach erwartet, dass er sie ignorierte, wenn sie ihm sagte, dass sie seine Hilfe nicht brauchte. Langsam, aber sicher hatte sie angefangen, sich genauso auf ihn zu verlassen, wie sie sich einst auf Rayne verlassen hatte.

»Mich interessieren eher deine inneren Werte als dein Aussehen«, sagte Mary zu ihm. »Ich sehe deine Narbe nicht, wenn ich dich anschaue.«

»Das weiß ich. Es bedeutet mir sehr viel. Wann ist dein nächster Termin?«

Mary blinzelte, als er so abrupt das Thema wechselte. Sie dachte, er würde sie fragen, was sie in ihm sah. Dachte, er würde etwas sagen, um sie auf Trab zu halten. »Nächste Woche«, antwortete sie. »Aber ich weiß noch nicht, ob ich hingehe.«

»Wie meinst du das? Du musst gehen«, sagte Truck entsetzt.

Mary seufzte. »Meine Versicherung zahlt keine weiteren Krebsbehandlungen mehr. Meine Firma hat die Versicherung gewechselt und mir wurde mitgeteilt, dass die Behandlung nicht mehr gedeckt ist. Ich verstehe auch nicht wieso. Aber es spielt keine Rolle. Ich bin müde, Truck. Ich bin es leid zu kämpfen.«

»Du darfst nicht aufgeben«, flehte Truck sie an.

»Ich kann es mir nicht leisten«, gab sie zu. »Ich bin schon erschöpft, wenn ich nur daran denke, wie zur Hölle ich die Chemotherapie und die Bestrahlung ohne Versicherung bezahlen soll.«

»Ich werde eine Lösung finden«, versicherte er ihr sofort.

»Truck, das ist nicht deine –«

»Du wirst *nicht* aufgeben. Du *wirst* die Behandlung bekommen, die du brauchst, und den Krebs wieder besiegen. Verstanden?«, sagte Truck streng. Er berührte sie nicht, lehnte sich jedoch nahe zu ihr hin.

»Okay«, stimmte sie zu. Sie hätte auch gar nichts anderes tun können, wenn er ihr so nahe war.

»Ich gehe mit dir zu deinem nächsten Termin«, sagte Truck, lehnte sich zurück und gab ihr etwas Raum.

Mary schüttelte automatisch den Kopf. »Nein.«

»Doch«, konterte Truck. »Egal was sich dabei herausstellt, ich bin an deiner Seite.«

»Truck, du kannst nicht –«

»Oh doch«, unterbrach er sie. »Du wirst sehen.«

Mary funkelte ihn an. Wenn sie ihm das erlaubte, so wie sie es Rayne beim letzten Mal erlaubt hatte, würde er ihr noch mehr unter die Haut gehen, als er es ohnehin schon tat. Sie weigerte sich, das zuzulassen. Sie wollte sich auf keinen Fall in diesen Mann verlieben. Wenn sie irgendwie das

Einzige, was sie je gewollt hatte – nämlich geliebt zu werden –, endlich bekommen würde, es dann aber nicht voll auskosten konnte, weil sie tot war, wäre das scheiße.

Also tat sie, was sie immer tat – sie spielte das Miststück, um Truck davon zu überzeugen, dass sie die ganze Mühe nicht wert war. Sie musste um jeden Preis ihr Herz beschützen. »Ich habe Nein gesagt, *Trucker*. Ich brauche keinen Babysitter, der mir die Hand hält.« Sie setzte ihr Glas mit einem Knall auf dem Tisch neben sich ab. »Als wollte ich einen großen Freak wie dich überhaupt an meiner Seite haben. Du würdest ja alle abschrecken.«

Anstatt sauer zu werden, wie sie es beabsichtigt hatte, lächelte Truck nur. »Gut so. Denn du gehörst mir. Wenn irgendjemand auch nur darüber *nachdenkt*, dich anzurempeln, bekommt er es mit mir zu tun.«

Es war beängstigend, wie gut sich seine Worte anhörten und wie sehr sie sich danach sehnte, ihn an ihrer Seite zu haben und sich auf ihn stützen zu können, während sie mit der Krebsangst kämpfte. Sie zwang sich dazu, mit den Augen zu rollen, und stürmte davon. Verdammt, sie steckte in großen Schwierigkeiten.

Auf der anderen Seite des Gartens hielt Akilah ihre kleine Schwester Hope in den Armen, während ihre Eltern auf der provisorischen Tanzfläche in der Mitte des Rasens tanzten.

Tex und Melody hatten sie adoptiert, als sie kein Zuhause mehr hatte. Manchmal konnte sie gar nicht fassen, wie anders und wunderbar ihr Leben jetzt war, verglichen mit ihrer Kindheit im vom Krieg geschundenen Irak.

Sie vermisste ihre Eltern immer noch, sie waren durch eine Sprengstoffexplosion ums Leben gekommen, die die Taliban in ihrem Dorf verursacht hatten. Sie hatte in derselben Explosion ihren Arm verloren. Ihr Leben in den Vereinigten Staaten war besser, sicherer und hundertmal geruhsamer als im Irak. Sie konnte zur Schule gehen, anziehen, was sie wollte, schreiben, was sie wollte, und überall *hingehen*, wo sie wollte. Sie hatte sich noch nie so frei gefühlt. Obwohl es Tage gab, an denen sie ihre Eltern und ihre Kultur sehr vermisste, waren all die Dinge, die das Leben in den USA mit sich brachte, viel bedeutsamer als ihr Leben im Irak.

Und Tex und Melody waren eher Freunde als Eltern und ermutigten sie, zu erkunden und zu lernen. Erstaunlicherweise durfte sie sogar den Namen für deren Tochter, ihre Stiefschwester, bestimmen.

Akilah nannte sie Alam, was auf Arabisch »Hoffnung« bedeutete.

»Darf ich mich zu dir setzen?«, sagte eine tiefe Stimme über ihr.

Akilah schaute nach oben und sah das müde Gesicht des Mannes, der Fish genannt wurde. Sie nickte sofort. Er hatte sie vom ersten Moment, als sie ihn gesehen hatte, interessiert ... und seine Prothese. Sie hatte in den Krankenhäusern einige Leute mit Prothesen getroffen, jedoch nie jemanden, der so unglücklich darüber zu sein schien wie Fish.

Fish setzte sich schwerfällig auf dem Stuhl und trank einen großen Schluck Bier aus der Flasche, die er in der Hand hielt, sagte jedoch nichts.

Akilah wollte mit ihm reden, traute sich aber nicht, weil ihr Englisch noch nicht sehr gut war. Sie hatte sich zwar schon stark verbessert, doch manchmal konnten die Leute sie wegen ihres Akzents nur schwer verstehen und manchmal brachte sie die Worte auch durcheinander. Aber weil der Mann sie so interessierte, wagte sie es trotzdem.

»Du hast neuen Arm, aber nicht mögen«, sagte sie ganz offen.

Fish drehte den Kopf und starrte sie einen Moment lang an, bevor er mit den Schultern zuckte und entgegnete: »Ich hasse ihn.«

Akilah streckte die Hand aus und berührte mit den Fingerspitzen die hakenartigen Zinken. »Warum keine richtige Hand?«

»Du meinst, warum ich keine dieser verdammten Apparate habe, die mich so normal wie möglich aussehen lassen, damit die Leute mich nicht voller Ekel anstarren?«, fragte er.

Akilah verstand zwar nicht alles, was er sagte, doch sie wusste, was er meinte, und nickte.

Er seufzte und fuhr sich mit der Hand durchs Haar. Er starrte erst in die Ferne, drehte sich dann zu ihr um und betrachtete ihre Prothese. Hope schlief friedlich in ihrem Arm und die künstliche Hand ruhte unter den Beinen des Babys.

Fish sagte leise: »Ich habe es satt, Akilah. Ich habe die Schmerzen satt. Die mitleidigen Blicke. Ich vermisse meine Freunde und wünschte, ich wäre mit ihnen zusammen getötet worden.«

»Meine Eltern vor meinen Augen getötet«, sagte Akilah. »Freunde erschossen. Vergewaltigt. Ich fühle wie du. Ich hatte Angst, als ich in die USA kam. Ich konnte nicht reden oder verstehen. Aber Tex und Melody haben mich aufgenommen. Mich geliebt.

Mein Arm hat ihnen nichts ausgemacht. Du wirst das auch finden.«

Fish schaute sie direkt an, ohne den Blick abzuwenden. Der Schmerz und die Verzweiflung waren deutlich in seinen Augen zu sehen. Sie fuhr fort. »Eines Tages gehst du dahin, wo das Land dein ...«, sie hielt inne und suchte nach den richtigen Worten, »Inneres nährt. Wenn du dich innen beruhigt hast, wirst du eine Frau finden. Jemand, der nicht sieht, was fehlt.« Sie wandte den Blick auf seine Prothese und schaute ihn dann wieder an. »Jemand, der *dich* sieht.«

»Ich vermisse die Berge«, sagte Fish und ging nicht auf ihre Worte ein. »Die Bäume. Ich habe herausgefunden, dass ich nicht mehr gern in der Nähe von Menschen bin. Sogar heute hier zu sein fällt mir schwer.«

»Dann geh«, sagte Akilah sachlich und zuckte mit den Schultern. »Wenn Arm nicht mehr wehtut. Und es geht dir besser. Finde Berge und Bäume. Dann heilst du.«

Dane Munroe streckte den Arm aus, legte sanft die Hand auf Akilahs Nacken und zog sie vorsichtig zu sich, ohne die kleine Hope zu wecken, und küsste ihre Stirn. Dann lehnte er sich wieder zurück.

Er schaute ihr in die Augen und sagte mit mehr

Gefühl, als sie je von ihm vernommen hatte: »Danke.«

»Gern geschehen«, entgegnete Akilah leise und freute sich zu sehen, dass der Mann einen weniger verzweifelten Gesichtsausdruck zeigte und der Schmerz in seinen Augen abgenommen hatte.

Wolf, Abe, Cookie, Mozart, Dude und Benny standen dicht beieinander und unterhielten sich. »Habt ihr von dem SEAL-Team gehört, das wir in der Türkei auf der Suche nach Tiger getroffen haben?«, fragte Wolf und trank einen Schluck Bier.

»Nein, wieso?«, fragte Cookie.

»Sieht so aus, als würden die nach San Diego versetzt.«

»Echt?«, fragte Abe ungläubig.

»Ja«, bestätigte Wolf.

»Alle?«, erkundigte Benny sich.

Wolf nickte. »Alle außer Ho Chi Minh. Er wurde während eines Einsatzes verwundet und ist frühzeitig in den Ruhestand getreten. Er hat seine Freundin geheiratet und ich habe gehört, dass er nach Belize gezogen ist.«

»Verdammt«, flüsterte Dude. »Tut mir leid, das zu

hören. Dass er verletzt wurde, nicht dass er geheiratet hat und verdammt noch mal im Paradies lebt.«

Die Jungs grinsten alle und dachten an ihre eigenen Familien.

»Rocco, Gumby, Ace, Bubba, Rex und der Neue, Phantom, werden nächste Woche in Riverton sein. Sie treffen sich mit Kommandant Hurt. Sie haben der Versetzung nur zugestimmt, wenn sie als Team zusammenbleiben können. Wahrscheinlich werden wir keine Einsätze mehr mit ihnen haben, aber es war verdammt gut, in der Türkei mit ihnen zusammenzuarbeiten. Sollen wir uns mit ihnen treffen?«, fragte Wolf sein Team.

»Aber sicher«, antwortete Abe.

»Ja!«, entgegneten Benny und Mozart gleichzeitig.

»Klar«, sagte Cookie zu Wolf.

»Auf jeden Fall«, murmelte Dude, nachdem die anderen gesprochen hatten. »Jeder, der uns hilft, auf unsere Familien aufzupassen, wenn wir auf Einsätzen sind, ist wertvoll für mich. Und natürlich werden wir dasselbe für sie tun, wenn sie Frauen haben.«

»Soweit ich weiß, sind alle alleinstehend ... und haben geschworen, es zu bleiben«, sagte Wolf grinsend.

»Die berühmten letzten Worte«, murmelte Benny. »Ich weiß, wovon ich rede. Ich habe das oft genug gesagt, nachdem ihr angefangen habt, euch zu verabreden.«

Alle lachten. Es stimmte. Frauen schienen nie wirklich wichtig gewesen zu sein, bis sie diejenige trafen, die für sie bestimmt war.

»Schaut euch Fletch, Ghost und Coach an«, sagte Mozart. »Sie hatten doch auch immer behauptet, dass sie sich nie festlegen würden, haben dann aber offensichtlich ihre Meinung geändert, als sie ihre Frauen getroffen haben.«

Die SEALs nickten und wussten genau, wie sich die Delta Force-Männer fühlten.

»Denkt ihr jemals daran, in den Ruhestand zu gehen?«, fragte Cookie scheinbar aus heiterem Himmel.

Seine Teamkollegen antworteten nicht sofort, sondern warfen Cookie nur intensive Blicke zu. Er führte seine scheinbar blasphemischen Worte weiter aus. »Ich rede ja nicht von heute, aber Benny, du produzierst ein Kind nach dem anderen und Jessyka wird bald mehr Hilfe brauchen als nur ein provisorisches Kindermädchen. Und Abe, du bist mit deinen zwei Mädchen und mit Tommy voll beschäftigt, und ich könnte wetten, dass Alabama mit ihrem riesengroßen Herzen noch weitere Pflegekinder aufnehmen will. Und obwohl Fiona das Meiste von dem, was passiert ist, verarbeitet hat, mache ich mir immer noch Sorgen um sie, wenn ich das Haus verlasse. Ich bekomme das, was vor Jahren passiert ist, nicht aus dem Kopf. Als sie diesen Flashback hatte und wir so weit weg in diesem verdammten fremden Land waren und ich nicht bei ihr sein konnte. Ich kann den Gedanken nicht ertragen, dass uns so etwas wie Fishs Team zustoßen könnte und wir nie mehr zu unseren Familien zurückkehren.«

Alle schwiegen und waren entsetzt über den Gedanken, bei einem Einsatz zu sterben. Doch die Erinnerung daran, was während des Einsatzes passiert war, bei dem Fish verletzt und seine Teamkollegen ums Leben gekommen waren, war noch sehr frisch. Der Mann kam nicht gut damit zurecht, dass er sein Team verloren hatte. Er dachte, dass er sie besser hätte beschützen sollen. Er hatte an jeder einzelnen Beerdigung seiner Teamkollegen teilgenommen und war dort mit den beschuldigenden und schmerzvollen Blicken der Verwandten konfrontiert worden.

»Ich habe mich erst neulich mit Caroline darüber unterhalten«, gab Wolf leise zu, sagte jedoch eine Weile lang nichts anderes. Alle warteten darauf, dass er fortfuhr, während er seine Gedanken sammelte.

»Tex hat mich angerufen und mir erzählt, was mit Fish passiert ist. Ich bin hier nach Texas gekommen, um ihn zu besuchen und ihm zu sagen, dass es Leute gibt, die für ihn da sind. Als ich nach Kalifornien zurückgekehrt bin, hat Caroline das angesprochen. Ich schätze, ich war ungewöhnlich still und sie wollte wissen, was los war. Ich habe ihr soviel ich konnte über Fishs Situation erzählt. Sie hat mich gefragt, ob ich jemals daran denke, in den Ruhestand zu gehen. Der Gedanke hat mich damals entsetzt, aber du hast recht, Cookie. Ich glaube, es wird irgendwann der Zeitpunkt kommen, an dem ich damit zufrieden sein werde, als Trainer zu arbeiten, anstatt aktiv auf Einsätze zu gehen.«

»Glaubst du, der Kommandant wäre damit einverstanden?«, fragte Abe leise.

Wolf zuckte mit den Schultern. »Warum auch nicht? Ich meine, sieh dir Roccos Team an. Es wird *immer* Teams geben, die bereit sind, unsere Plätze einzunehmen. Wir werden nicht jünger. Und wenn wir den aufstrebenden SEALs beibringen können, was genau sie erwartet, wenn sie im Feld sind, können wir unserem Land weiterhin dienen – und jeden Abend bei unseren Familien zu Hause sein.«

Die anderen fünf Männer nickten besonnen.

»Ich bin bestimmt noch nicht bereit, sofort aufzuhören«, sagte Dude leise. »Aber es wäre sicher von Vorteil, jeden Abend zu Hause mit Shy zu verbringen.«

Alle lachten. Sie kannten Dudes sexuelle Vorlieben und seinen Drang nur zu gut.

Die SEALs drehten die Köpfe, als eine Gruppe von Emilys Freunden, die mit ihr im Supermarkt arbeiteten, anfing zu jubeln. Sie tranken und lachten zusammen und amüsierten sich.

»Wie wäre es damit?«, fragte Wolf und schaute seine Teamkollegen an, die Männer, die ihm so nahestanden wie Brüder. »Wir denken darüber nach, bestimmen zusammen den richtigen Zeitpunkt und dann werde ich mit dem Kommandanten über unsere Idee reden. Dann kann er es sich überlegen. Wir müssen zusammenhalten, sonst wird es nicht funktionieren. Entweder gehen wir alle in den Ruhestand – oder keiner. Stimmt's?«

»Absolut«, sagte Cookie. »Ich *könnte* es zwar, aber ich würde nie in einem anderen Team arbeiten *wollen*. Ich vertraue euch vollkommen. Wenn einer von uns geht, gehen wir alle. Abgemacht?«

»Abgemacht«, stimmten die anderen Männer sofort zu.

Penelope beobachtete, wie Tex am Ende eines Lieds seine Frau küsste und auf sie zuging. Sie hielt den Atem an. Sie hatte den schwer fassbaren Tex noch nie getroffen, doch sie hatte es sich schon lange gewünscht. Sie wusste, dass er der Mann war, dem sie dafür danken musste, dass beide Teams der Spezialeinheit damals in die Türkei gereist waren, um sie zu retten.

»Hi, Tiger … können wir uns kurz unterhalten?«, murmelte Tex mit seinem markanten Südstaatenakzent.

»Wir sind fertig«, zwitscherte Rayne. »Sie gehört ganz dir.«

Penelope rollte mit den Augen und nickte Tex zu. »Gern.«

Sie ging mit dem ehemaligen SEAL zu einer Bank, die am Ende des Rasens stand.

Die weißen Lichter rund um den Garten herum schimmerten und sie lächelte, als sie die Gruppen fröhlich lachender Gäste sah. Die Hochzeitsfeier war perfekt. Einfach, festlich und entspannt. Es war genau das, was die Männer und Frauen brauchten, die große Menschenansammlungen manchmal nicht mochten.

Sie setzte sich auf die Bank und wartete darauf, dass Tex dasselbe tat. Sobald er Platz genommen hatte, sagte Penelope: »Danke, Tex. Ich hatte nie die Gelegenheit, dir das persönlich zu sagen. Ich danke dir aus tiefstem Herzen.«

»Du musst dich nicht bei mir bedanken«, antwortete Tex sofort.

Penelope rollte mit den Augen. »Ich wusste, dass du das sagen würdest. Und ich danke dir trotzdem.«

»Gern geschehen«, sagte er lächelnd. »Jetzt, wo wir das aus dem Weg geräumt haben ... wie geht es dir?«

»Gut«, sagte sie sofort.

Tex musterte sie genau und fragte dann erneut: »Nein, Tiger. Wie. Geht. Es. Dir?«

Sie seufzte und berührte, ohne nachzudenken, das Malteserkreuz, das sie an einer Kette um den Hals trug. Sie trug es seit dem Tag, an dem Wolf es ihr bei der Beerdigung einer der Piloten, die bei ihrer Rettung in der Türkei gestorben waren, in die Tasche gesteckt hatte. »Es geht mir gut.« Sie hob die Hand, als Tex den Mund öffnete und ihr widersprechen wollte. »Ich habe gute und schlechte Tage, aber es geht mir immer besser.«

»Gehst du immer noch zu dem Therapeuten auf dem Stützpunkt hier in Fort Hood?«

Es hätte sie eigentlich überraschen sollen, dass Tex davon wusste, doch das tat es nicht. »Ja. Wenn ich Zeit habe hierherzukommen.«

»Die Mühe lohnt sich, Tiger. Es ist gut, mit jemandem über das zu reden, was du durchgemacht hast. So schwierig es auch sein mag, ich kann dir dabei nicht helfen. Auch keiner der anderen Deltas kann das. Sie können dich bemitleiden und mitfühlen, aber sie *wissen* nicht, wie es ist.«

Sie war kurz davor, in Tränen auszubrechen. Penelope schaute weg und versuchte, sich zu beherrschen. Die funkelnden Lichter verschwammen, als sie in die Ferne starrte.

Sie spürte eine warme Hand auf ihrem Knie. »Ich sage das nicht, um gemein zu sein, ich will dir nur ans Herz legen, dass du etwas nachsichtig mit dir sein solltest. Wovor hast du am meisten Angst?«

Penelope schaute Tex verwirrt an. »Wie meinst du das?«

»Wovor hast du am meisten Angst in Bezug auf das, was passiert ist? Was ist es?«

Penelope schüttelte den Kopf. »Es ist dumm.«

»Ist es nicht. Was ist es?«

»Es sind zwei Dinge«, flüsterte sie, als ob sie dadurch, dass sie sie laut aussprach, wahr werden würden. »Die Dunkelheit ... und dass ich verloren gehe und mich niemand finden kann ... wie damals.«

Tex griff nach ihrer Hand und ihr wurde bewusst, wie sehr sie an dem Kreuz zog, das sie um den Hals trug. Penelope konnte spüren, wie die Kette sich leicht in ihre Haut grub, während er sprach. »Was die Angst vor dem Verlorengehen anbelangt, darüber musst du dir *nie* wieder Sorgen machen, Tiger. Ich stehe hinter dir.«

Sie schaute Tex in die Augen und sah nichts als Aufrichtigkeit. Sie hatte diesen Mann noch nie vorher getroffen, doch sie vertraute ihm. Und sie wusste genau, was er meinte. Sie hatte es in dem Moment gewusst, als sie die Halskette aus ihrer Tasche gezogen und erkannt hatte, was die Notiz von Wolfs Frau bedeutete.

Unsere Männer haben uns gerettet und da sie auch dich gerettet haben, bist du jetzt eine von uns.

Trag diese Kette und du wirst nie wieder verloren gehen.

. . .

Ein Sender. Es war ein Miniatur-Sender im Inneren des Anhängers versteckt. Das hätte eigentlich unheimlich sein sollen, doch stattdessen beruhigte es sie. Egal wo sie hinging, Tex würde wissen, wo sie war. Er konnte jemanden zu ihr schicken. Dieses Sicherheitsnetz zu haben war eine große Erleichterung. Die Tränen, die sie zurückgehalten hatte, kullerten nun ihre Wangen hinunter. »Danke.«

»Gern geschehen«, wiederholte Tex. Er ließ ihre Hand los und lehnte sich zurück. »Nun, lass uns über die Angst vor der Dunkelheit reden. Dagegen kann ich nicht viel ausrichten, aber ich erwarte, dass der große Kerl, der mich von da drüben anstarrt, etwas dagegen unternimmt.« Er deutete mit dem Kinn auf die gegenüberliegende Seite des Rasens.

Penelope wischte sich die Tränen vom Gesicht und schaute in die Richtung, in die Tex gedeutet hatte. Moose stand breitbeinig mit über der Brust verschränkten Armen da und starrte Tex an, als wollte er ihm eine überziehen, weil er sie zum Weinen gebracht hatte. Ihr Mundwinkel zuckte.

»Das ist nur Moose.«

»Ja, und wenn du ihm eine Chance geben würdest, würde ›nur Moose‹ alle Drachen töten und dafür sorgen, dass du nachts keine Angst vor der

Dunkelheit haben musst, während du in seinen Armen schläfst.«

Penelope schaute Tex überrascht an. »Du bist wirklich direkt.«

Der Mann zuckte mit den Schultern. »Warum auch nicht? Das Leben ist zu kurz, um um den heißen Brei herumzureden. Von dem Moment an, als ich mich online mit Melody unterhalten habe, wusste ich, dass ich an ihrer Seite sein und sie beschützen wollte.«

»Ist das nicht etwas sexistisch?«, fragte Penelope etwas strenger als beabsichtigt. »Ich muss nicht beschützt und verhätschelt werden.«

Tex schien das nicht im Geringsten zu kümmern. Er zuckte nur mit den Schultern. »Vielleicht. Vielleicht auch nicht. Ich bin der Erste, der dir bestätigen kann, dass meine Melody auf sich selbst aufpassen kann. Sie ist zäh, klug und knallhart. Ich will sie aber trotzdem beschützen. Und wenn sie abends müde ist, nachdem sie den ganzen Tag gearbeitet und sich um unsere Tochter gekümmert hat, lässt sie sich gern von mir verhätscheln und verwöhnen. Und es fühlt sich verdammt gut an. Für uns beide.«

»Ich kann selbst auf mich aufpassen«, sagte Penelope leise.

»Natürlich kannst du das«, erwiderte Tex, ohne zu zögern. »Du bist eine äußerst fähige, erwachsene Frau, die seit Jahren alleine lebt, Menschen aus brennenden Gebäuden und zertrümmerten Autos rettet, drei Monate in der Gefangenschaft von ISIS überlebt hat und die Armeeprinzessin ist ... aber das bedeutet nicht, dass du nicht zulassen sollst, dass jemand, der verzweifelt versucht, dich vor dem Übel der Welt zu beschützen, an deiner Seite, hinter dir und manchmal auch vor dir stehen kann.«

Penelope dachte über Tex' Worte nach und sagte dann leise: »Ich sollte keine Angst vor der Dunkelheit haben. Es ist kindisch und dumm.«

»Das ist es nicht«, erwiderte Tex sofort. »Du bist durch die Hölle gegangen, Tiger«, fügte er genauso leise hinzu. »Es überrascht mich nicht, dass du ein paar Macken hast. Aber Süße, wenn Angst vor der Dunkelheit das Schlimmste ist, das dich plagt, bist du viel stärker als ich dachte.«

Penelope schaute den Mann an, der ihr das Leben gerettet hatte, ohne sie zu kennen. Er hatte die befehlshabenden Offiziere davon überzeugt, die SEALs nach ihr suchen zu lassen. Als nach dem Flugzeugabsturz alle verschwunden waren, war er derjenige gewesen, der den Sender benutzt hatte, um sie zu finden, und dann die Deltas hineingeschickt hatte, um sie in Sicherheit zu bringen.

Er hatte recht. Absolut recht. Was war so schlimm daran, dass sie Angst vor der Dunkelheit hatte? Sie war ein knallhartes Biest ... das ein Nachtlicht brauchte. Und wenn schon!

»Du hast recht«, sagte sie schließlich.

»Ich weiß«, antwortete er.

»Ich weiß, wer du bist, und ich versuche, dir nicht übel zu nehmen, dass du Pen berührst und sie zum Weinen bringst, aber ich schwöre bei Gott, wenn sie nicht in den nächsten fünf Sekunden lächelt, werde ich ein Wörtchen mit dir reden müssen.«

Mooses Worte klangen leise und bedrohlich, und Penelope schauderte. Sie hatte gewusst, dass Moose sie mochte, dass er jedoch so sauer werden konnte und sie verteidigte, war etwas Neues. Tex zuckte nicht mit der Wimper. Er stand nur auf und deutete auf seinen Stuhl. »Sie gehört ganz dir, Tucker«, sagte er ruhig und stapfte pfeifend davon.

Moose schaute ihm mit gerunzelter Stirn nach und wandte den Blick dann Penelope zu. »Er ist ein bisschen unheimlich.«

»Du weißt gar nicht, wie recht du hast. Setz dich, Moose. Leiste mir Gesellschaft.«

Moose nahm Platz und plauderte mit ihr, als wäre nichts gewesen. Er gab ihr den Raum, den sie noch brauchte, obwohl sie wusste, dass er das eigentlich nicht wollte.

Penelope wusste nicht, ob sie jemals in der Lage sein würde, mehr als nur Freundschaft für Moose zu empfinden, doch in diesem Moment war sie dankbar dafür, dass er zu ihr hielt.

»Komm her, Liebes«, sagte Fletch und zog Emily zu sich. Sie lehnte sich mit dem Rücken an seinen Oberkörper und er legte die Arme um ihren Bauch. Während er seine Wange an ihr Gesicht drückte, ließ er den Blick über die Gäste wandern, die immer noch auf der Hochzeitsfeier anwesend waren. Sie hatten die Torte angeschnitten, ihren ersten Tanz gehabt und die kitschigen und schmalzigen Trinksprüche ihrer Freunde überstanden. Seine Eltern waren vor dreißig Minuten gegangen. Fletch hatte ihnen angesehen, dass sie erschöpft waren; die gesundheitlichen Probleme machten seiner Mutter immer noch zu schaffen. Er sah nur ungern, dass sie älter wurden, doch er war überglücklich, dass sie bei seiner Hochzeit dabei gewesen waren. Sie hatten

Annie von Anfang an gemocht und es hatte ihnen gefallen, von ihr umgehend Nana und Papa genannt zu werden. Die Kleine hatte sie den größten Teil des Abends unterhalten, indem sie ihnen von der Schule erzählt hatte, von ihrem Lieblingssportlehrer, dem süßen Lehrer der ersten Klasse, der Krawatten mit Comic-Figuren trug, von ihrem Lieblingshindernisparcours, wie Truck Kampfstiefel für sie gekauft hatte und natürlich zahllose andere Geschichten über seine Teamkollegen.

Seine Tochter saß jetzt an der Seite und sprach mit Akilah, obwohl sie wahrscheinlich die Hälfte von dem, was Annie sagte, nicht verstand, weil sie so schnell sprach. Annie mochte einfach alle. Sie war ein goldiges Kind – zwar etwas sonderbar, doch die Menschen fühlten sich zu ihr hingezogen.

Als könnte sie seine Gedanken lesen, sagte Emily leise: »Hast du gesehen, wie Annie heute Abend mit deinem neuen Freund Dane gesprochen hat?«

Fletch nickte. »Ja. Sie war großartig.«

Emily kicherte. »Wenn man es großartig nennen kann, dass sie ihm tausend Fragen gestellt hat über seinen Arm, wie er ihn verloren hat und wie die Prothese funktioniert.«

»Ja, das habe ich gemeint«, stimmte Fletch sofort zu. »Ich weiß, es hätte aufdringlich sein können, war es aber nicht. Er muss darüber reden. Und Annie hat das gespürt. Ich habe gesehen, wie sie aufmerksam zugehört hat, als er ihr erzählt hat, dass seine Freunde und Teamkollegen gestorben sind. Und als sie dann aufgestanden ist, ihre Wange an sein Gesicht gedrückt und ihn umarmt hat, ist er fast dahingeschmolzen.«

Emily nickte. »Ich schwöre bei Gott, ich habe keine Ahnung, wie sie so allerliebst geworden ist. Ich kann nur staunen.«

»Das hat sie ihrer wunderbaren Mutter zu verdanken«, sagte Fletch, ohne zu zögern. »Viele alleinerziehende Mütter sind zu beschäftigt damit, Geld zu verdienen und den Kopf über Wasser zu halten. Aber du nicht. Alles, was du getan hast, war für sie. Angefangen bei der Schule über die Ernährung bis hin zu den Gutenachtgeschichten, als sie klein war. *Du* bist der Grund dafür, dass sie so wunderbar ist.«

Emily drehte sich in Fletchs Armen um und schaute ihn an. »Ich liebe dich, Cormac Fletcher.«

»Und ich liebe *dich*, Emily Fletcher«, konterte er sofort.

Sie sah sich um. »Es war ein schönes Fest, nicht wahr?«

»Und wie. Es hat Spaß gemacht, die SEALs

besser kennenzulernen. Und dass TJ, Penelope, Fish und sogar Tex kamen, war das Sahnehäubchen. Hat es deinen Freundinnen vom Supermarkt gefallen?«

Emily lachte und deutete auf die Gruppe von Frauen, die immer noch lachten und plauderten. »Ich glaube, sie haben mehr getrunken als deine Freunde vom Militär. Sie haben mit Sicherheit viel Spaß.«

»Gut«, antwortete Fletch sofort und zog sie näher zu sich. Er spürte, wie sein Körper auf ihre Nähe reagierte. Er starrte unverhohlen auf ihre Brüste und versuchte, ihr in den Ausschnitt zu schauen.

Sie lachte, legte sich die Hand auf die Brust und versperrte ihm den Blick.

»Hey«, beschwerte er sich, »das sind jetzt meine Brüste.«

Emily rollte mit den Augen. »Was du nicht sagst.«

Fletch beugte sich zu ihr hinunter, knabberte an ihrem Hals herum, nahm dann ihr Ohrläppchen in den Mund und biss sanft zu. Er flüsterte: »Wann können wir alle rauswerfen?«

Er spürte, wie Emily lachte. »Jetzt noch nicht. Du musst dich gedulden. Mich vorhin im Stehen zu nehmen, hätte für ein Weilchen reichen sollen.«

»Ich werde nie genug von dir bekommen, mein Schatz. Niemals. Ich werde einer von den Männern sein, die sich Viagra verschreiben lassen, damit ich sogar mit fünfundachtzig noch mit meiner Frau schlafen kann.«

Emily sah ihn mit einem seltsamen Blick an und sagte schließlich: »Ich weiß nicht, ob ich davon angewidert sein soll oder ob es das Romantischste ist, was ich je gehört habe.«

Fletch zuckte mit den Schultern. »Ist mir egal. So ist es eben. Hat Mary etwas gesagt?«

Emily wusste, dass er von dem sprach, was sie in ihrer Wohnung getan hatten, und nickte. »Natürlich. Du kennst sie ja. Sie hat mich bei der ersten Gelegenheit zur Seite gezogen und wollte wissen, wo wir es getan haben und ob sie ihr Bettlaken waschen, die Couch oder den Tisch putzen muss.«

Fletch grinste. »Was hast du gesagt?«

Emily errötete und sagte: »Dass sie nichts waschen oder putzen muss und wir es vermieden haben, auf irgendeiner Oberfläche Sex zu haben, auf der sie isst, kocht, sitzt oder schläft. Ich habe keine Ahnung, wie sie es herausgefunden hat, aber sie hat sofort gesagt: ›Wand-Sex. Genial.‹ Dann hat sie mir einen billigenden Blick zugeworfen und ist weggegangen.« Emily schüttelte den Kopf. »Es war fast unheimlich, wie schnell sie das herausgefunden hat.«

»Ich verrate dir das nur ungern«, gestand Fletch seiner Frau und zog sie näher zu sich heran, bevor er fortfuhr, »aber Mary hat mich vorgestern angerufen und mir damit gedroht, mich umzubringen, wenn ich dich auf irgendeinem Möbelstück in ihrem Haus nehme. Sie hat gesagt, dass sie uns beide lieb hat, sie uns jedoch nie verzeihen würde, wenn wir ihre Sachen mit unseren Körpersäften verunreinigen würden. Ich habe gefragt, ob das auch für die Wände gilt, und sie hat gelacht und Nein gesagt. Sie meinte, solange keine nackte Haut ihre Sachen berühren würde, könnten wir tun und lassen, was wir wollen.«

Emily kicherte und schüttelte den Kopf. »Wir haben tolle Freunde.«

»In der Tat«, stimmte Fletch zu. Dann küsste er sie. Lang, langsam und tief. Er zeigte ihr ohne Worte, wie glücklich und stolz er war, sie zu seiner Frau zu haben.

Plötzlich dröhnte eine raue Stimme durch die sanfte Musik und das Gemurmel der Gäste.

»Keine Bewegung oder ihr seid alle tot! Tut, was wir sagen, dann wird niemand verletzt.«

Fletch hob ruckartig den Kopf – und starrte ungläubig auf die vier Männer, die den Garten umstellten. Ihre Gesichter waren vermummt und sie hielten Sturmgewehre in den Händen, mit denen sie auf die Gäste zielten.

Verdammte Scheiße. Sie waren die bestausgebildeten Soldaten der Welt. Wie in aller Welt hatten es diese Arschlöcher bloß geschafft, sich anzuschleichen? Sie waren unvorsichtig gewesen, hatten sich von der Hochzeitsfeier ablenken lassen und waren selbstgefällig geworden.

Gerade als er sich fragte, *wer zum Teufel dämlich genug wäre, auf einer Party mit den härtesten Soldaten der Welt aufzutauchen*, hörte Fletch seine Tochter rufen: »Oh toll! Jetzt kann Daddy Fletch jemandem in den Hintern treten!«

KAPITEL VIER

Der Mann, der die Drohung ausgesprochen hatte, fuchtelte mit dem Gewehr herum. »Frauen und Kinder auf die eine Seite, Männer auf die andere.«

Fletch spürte, wie Emilys Körper sich in seinen Armen versteifte. Sie drehte sofort den Kopf und schaute zu Annie. Ihm gefiel, dass ihr erster Gedanke immer ihrer Tochter galt. Sie würde eine gute Mutter sein, falls sie zusammen Kinder hätten. Er musste sie nur davon überzeugen, so früh wie möglich welche zu bekommen. Nachdem er diese Idioten losgeworden war, die versuchten, seine Hochzeitsfeier zu ruinieren.

»Na macht schon, ihr Arschlöcher!«, bellte der Mann.

Fletch ließ Emily los und schob sie sanft in

Annies Richtung. »Los, Liebes. Bleib ruhig, es wird gleich vorbei sein.«

Sie sagte nichts, nickte nur und drückte fest seinen Arm. Sie grub die Fingernägel in seine Haut, bevor sie, ohne zurückzuschauen, zu ihrer Tochter ging.

Fletch ging sofort auf die Seite, die der Mann mit dem Gewehr für die Männer bestimmt hatte. Er und seine Teamkollegen versammelten sich am Rand der Männergruppe. Beobachteten. Warteten.

Er bemerkte, dass Wolf und seine SEAL-Kollegen dasselbe getan hatten. Die Soldaten der Spezialeinheiten standen auf beiden Seiten der Gruppe von Männern, die Mitarbeiter des Supermarkts und einige der zivilen Dienstleister aus Fort Hood in der Mitte.

Drei der Bewaffneten kamen zu den Männern und bewachten sie. Sie hatten alle einen Finger am Abzug ihres Gewehrs und schienen bereit, bei der geringsten Provokation zu schießen.

»Also, hört genau zu. Wenn ihr unsere Anweisungen befolgt, wird niemand verletzt. Wir meinen es ernst. Ihr kommt einer nach dem anderen nach vorn und legt eure Uhren hier hin.« Er deutete auf den Tisch, der ungefähr einen Meter weiter weg stand. »Eure Brieftaschen, Handys und allen

Schmuck, den ihr tragt, ebenfalls.« Er hielt inne und deutete auf Fletch. »Eheringe auch. Alles. Wenn ihr versucht, irgendetwas zu verstecken, erschieße ich eine der Frauen. Wenn ich jemanden mit einem Handy erwische, der versucht, die Polizei zu rufen, werde ich ihn auf der Stelle erschießen. Wenn ihr nicht versucht, Helden zu sein, werdet ihr am Leben bleiben.«

Fletch knirschte mit den Zähnen. Er und seine Teamkollegen hassten nichts mehr als Typen, die Frauen und Kinder bedrohten. Mistkerle.

Die Männer setzten sich langsam in Bewegung und taten, was der Eindringling verlangte. Sie zogen ihre Brieftaschen heraus und nahmen allen Schmuck ab, den sie trugen.

Als die bewaffneten Männer durch die Gäste, die einer nach dem anderen vortraten, abgelenkt waren, murmelte Fletch Ghost zu: »Plan?«

Ghost und die anderen Deltas warteten, bis sie an der Reihe waren, ihre Sachen auf den Tisch zu legen, und versuchten, einen Überblick über die Situation zu gewinnen. Ein Blick zu den SEALs sagte ihnen, dass sie genau dasselbe taten.

»Wir warten erst mal ab«, antwortete Ghost.

»Diese Arschlöcher werden mir meine Hochzeitsfeier nicht vermasseln«, knurrte Fletch verärgert.

»Wenn es nur um uns ginge, könnten wir sie überrumpeln«, sagte Ghost ruhig, »aber das ist nicht der Fall. Seht ihr?« Er deutete mit einer kaum wahrnehmbaren Geste zu den Frauen.

Fletch schaute zu den Frauen hinüber und erstarrte. Der vierte Bewaffnete stand hinter Annie, hatte eine Hand auf ihre Schulter gelegt und hielt sie fest. Er hielt immer noch das Gewehr in den Händen und hatte den Finger am Abzug. Er stand seitwärts, damit er sowohl die Frauen, die er bewachte, als auch die Männer auf der anderen Seite des Gartens sehen konnte.

»Ganz ruhig, Fletch«, sagte Coach warnend von der anderen Seite. »Es geht ihr gut.«

»Im Moment ja«, knurrte Fletch. »Wenn er meiner Tochter auch nur ein einziges Haar krümmt, bringe ich ihn um.«

»Wir alle«, stimmte Truck zu.

»Haltet verdammt noch mal die Klappe«, befahl einer der anderen Bewaffneten und sprach damit zum ersten Mal. Er hatte einen starken Südstaatenakzent und seine Stimme war tiefer als die des anderen Mannes. »Du da, beweg deinen verdammten Arsch hierher und leg deine Sachen auf den Tisch!«, befahl er und deutete auf Fletch.

Fletch hätte dem Mann am liebsten das Gewehr aus den Händen gerissen, atmete dann aber tief durch und ging gehorsam zum Tisch, auf den die anderen Männer ihre Sachen gelegt hatten. Er legte seine Brieftasche ab und entfernte im Schneckentempo seine Uhr. Dann, ohne den Augenkontakt mit dem Mann abzubrechen und ihm ohne Worte zu verstehen zu geben, dass er und seine Männer es bereuen würden, dass sie seine Party, sein Haus und seine Freunde für ihren Raubzug ausgewählt hatten, nahm Fletch den Ehering ab, den Emily ihm nur wenige Stunden zuvor an den Finger gesteckt hatte. Er hatte Emily geschworen, ihn nur dann abzunehmen, wenn es während eines streng geheimen Einsatzes absolut unerlässlich war. Er legte ihn vorsichtig auf seine Brieftasche und trat dann vom Tisch zurück.

»Ist das alles?«, fragte der Mann mit dem Gewehr höhnisch.

Fletch streckte seitlich die Arme aus und fragte mit leiser und todernster Stimme: »Willst du mich filzen?«

Der Mann zögerte einen Augenblick, bevor er

abfällig sagte: »Wenn ich herausfinde, dass du irgendetwas versteckst, wirst du es bereuen.«

»*Du* wirst derjenige sein, der diesen Abend bereuen wird«, konterte Fletch leise und monoton. Er stand immer noch regungslos da, zitterte jedoch vor Anspannung. Normalerweise geriet er nur kurz vor einem Einsatz in diesen Zustand. Kurz bevor die Situation eskalierte und sie töten mussten, um nicht getötet zu werden.

Sie hatten seine Frau bedroht. Sein Kind. Sie würden sein Grundstück *nicht* unverletzt verlassen ... wenn überhaupt. Er machte sich keine Sorgen darüber, dass er ins Gefängnis kommen könnte, falls die Männer getötet wurden. Die Aufzeichnungen der Kameras auf seinem Grundstück würden zeigen, dass er in Notwehr gehandelt hatte.

»Geh verdammt noch mal da rüber, großer Mann!«, befahl der Kerl mit dem Gewehr schließlich und ging zurück zur Gruppe der Männer.

Fletch gehorchte wortlos und ging mit immer noch ausgestreckten Armen rückwärts zu Ghost und seinen Teamkollegen, ohne den Blick von dem Mann abzuwenden.

Die anderen Männer der Gruppe traten einer nach dem anderen vor und leerten die Taschen, legten ihre kostbaren Eheringe auf den immer größer werdenden Haufen Wertsachen. Es war offensichtlich, dass sie die Gewehrläufe verabscheuten, die auf sie gerichtet waren.

Als Tex an der Reihe war, hinkte der ehemalige SEAL zum Tisch.

Fletch ließ sich nichts anmerken, doch da er Tex noch nie hinken gesehen hatte, war es zumindest für die Soldaten in der Gruppe offensichtlich, dass er eine Verletzung vortäuschte. Die Frage war, warum er es tat und was er vorhatte.

»Bist du ein verdammter Krüppel?«, fragte der Mann mit dem Südstaatenakzent verächtlich.

»Ich habe mein Bein verloren«, antwortete Tex mit hoher Stimme.

»Zeig es mir«, verlangte der erste Bewaffnete, der an der Seite stand.

Ohne zu zögern, hob Tex sein Hosenbein und deutete auf seine Prothese. Es war eine, die aus Metall gefertigt war, ohne fleischfarbene Polsterung. Der Bewaffnete ging zu ihm und stieß frech das Gewehr gegen das Metall, was ein hässliches Geräusch erzeugte. »Wie viel hat sie gekostet?«, fragte er mit gierigem Blick und schroffer Stimme.

»Bitte, ich kann mir nicht leisten, sie zu ersetzen«, klagte Tex, ohne wirklich zu sagen, dass sie eine Menge Geld wert war.

»Nimm sie ab«, forderte der erste Mann.

»Aber ohne kann ich nicht gehen«, beschwerte sich Tex.

»Sehe ich so aus, als würde mich das interessieren?«, fragte der Bewaffnete rhetorisch. »Nimm sie ab. Leg sie auf den Haufen. Von mir aus kannst du auf deinem Arsch zu den anderen rutschen.«

»Ohne Hilfe kann ich nicht gehen«, beteuerte Tex.

Der dritte Mann, der die Männer bewachte, sprach zum ersten Mal. »Du da, komm und hilf ihm«, befahl er.

Fletch drehte den Kopf, um zu sehen, wen der Mann gemeint hatte. Er konnte sich kaum das Grinsen verkneifen, als er sah, wie Fish einen Schritt nach vorne machte. Er wusste nicht, was Tex vorhatte, aber er hätte sein Haus und alles, was darin war, gewettet, dass dies genau das war, was Tex wollte.

»Sieht aus, als wärst du auch ein Krüppel. Nimm deinen falschen Arm ab«, sagte der bewaffnete Mann zu Fish. »Wir haben es mit einem Haufen verkrüppelter Hurensöhne zu tun.«

Fish hielt den Blick auf den Boden gerichtet und sagte kein Wort. Er ging einfach auf Tex zu und hielt an, als er auf Schulterhöhe mit ihm stand. Tex sagte immer noch kein Wort und half Fish, den Schultergurt zu lockern und die Prothese abzunehmen. Fish legte seine Brieftasche und seine Uhr auf den Tisch, legte dann seinen guten Arm um Tex' Rumpf und stützte ihn, während sie zurück zu den anderen Männern gingen.

Fletch lächelte grimmig. Fish war sauer. Er strahlte Wut und Feindseligkeit aus. Männer wie Tex und Fish waren hundertmal stärker als diese bewaffneten Arschlöcher. Es spielte keine Rolle, dass Tex nur ein Bein und Fish nur einen Arm hatte. Sie hätten jeden der Männer leicht außer Gefecht setzen können, doch jetzt mussten sie Zeit gewinnen. Auf den richtigen Zeitpunkt warten. Je mehr die Bewaffneten die Gruppe unterschätzten, desto eher konnten die Soldaten zuschlagen.

Und es gab keinen Zweifel daran, dass sie zuschlagen würden. Die SEALs standen auf der anderen Seite der Gruppe von Männern. Sie sahen zwar entspannt aus, doch Fletch konnte sofort erkennen, dass sie jederzeit bereit waren, in Aktion zu treten. Wolf bewegte die Hände auf eine Art, die Fletch sagte, dass er mit seinen Männern kommunizierte. Signale gab. Und die Männer kommunizierten mit Wolf. Was auch immer passieren würde, sie würden als Einheit agieren.

Fletchs Teamkollegen standen genauso da. Locker und bereit. Sie hatten keine eigentliche Geheimsprache, doch sie arbeiteten schon so lange zusammen und hatten solche Situationen oft geübt. Sie hatten immer Plan B, C, D und vermutlich auch E und F bereit und konnten innerhalb von Sekunden von einem zum anderen wechseln.

TJ, der ehemalige Delta-Scharfschütze, stand mitten in der Gruppe von Männern, hatte die Arme über der Brust verschränkt und versuchte erst gar nicht, seinen Unmut zu verbergen.

Verschiedene Szenarien spielten sich in Fletchs Kopf ab. Die drei Männer, die sie bewachten, waren gleichweit voneinander entfernt. Der Tisch mit den Wertsachen stand in der Mitte, der Mann mit dem Südstaatenakzent bewachte ihn. TJ, Tex und Fish würden ihn überrumpeln können. Der Mann, der ihnen befohlen hatte, sich von den Frauen zu trennen, stand in der Nähe des Delta-Teams und der dritte Mann stand auf der anderen Seite bei den SEALs.

Wenn es nur um sie gegangen wäre und keine Zivilisten und Frauen anwesend gewesen wären, hätten die Männer die Arschlöcher schon lange entwaffnet und dafür gesorgt, dass sie sich wünschten, nie an diesem Haus und bei dieser Feier vorbeigekommen zu sein. Aber es ging *nicht* nur um sie. Der letzte Mann stand bei den Frauen. Und obwohl Fletch wusste, dass seine Frau tapfer war – genauso wie Mary, Rayne, Harley und wahrscheinlich auch die anderen Frauen –, sie waren keine Soldaten.

Penelope schon.

Fletch wandte den Blick von Annie ab, die immer noch von dem letzten Bewaffneten festgehalten wurde, und ließ ihn zur Armeeprinzessin wandern. Sie schaute ihn so durchdringend an, als würde ihr Leben davon abhängen. Nicht Annie. Nicht den Bewaffneten. *Ihn.*

Sie starrten sich gegenseitig aus der Ferne an. Dann hob Penelope kaum sichtbar das Kinn und bestätigte, dass sie ihm und dem Team helfen würde. Zu guter Letzt legte sie sich die Hand aufs Herz und nickte in Richtung des Mannes, der Annie quasi als Geisel festhielt.

Fletch gefiel das nicht. Es gefiel ihm überhaupt nicht, aber wenn Penelope den bewaffneten Mann auf ihrer Seite überrumpeln konnte, würden er, sein Team und die SEALs sich um die drei Männer auf ihrer Seite kümmern. Er mochte es nicht besonders, dass er den vierten Mann nicht selbst ausschalten konnte, doch er war zu weit weg ... und Penelope war eine ausgebildete Soldatin.

»Nein«, flüsterte Moose neben ihm.

Fletch drehte sich mit kleinen Schritten langsam um, bis er dem Feuerwehrmann gegenüberstand, und bewegte nur die Augen, nicht den Kopf, um den Mann anzusehen.

Er war sauer. Und sein Blick war auf Penelope gerichtet. Er hatte die nonverbalen Signale gesehen, die sie Fletch gegeben hatte, und sie gefielen ihm nicht. Überhaupt nicht.

»Es wird funktionieren«, sagte Fletch tonlos.

»Sie ist zu klein«, argumentierte Moose.

Diese Bedenken hatte Fletch auch gehabt. Tiger hatte mit einem Meter fünfundfünfzig nicht gerade die ideale Körpergröße, um den Mann zu überrumpeln, der mindestens einen Meter fünfundachtzig maß und Annie und den Rest der Frauen bedrohte. Doch anstatt darüber zu streiten, sagte er: »Gib ihr sechs.«

Das war ein Militärbegriff, der bedeutete, jemandem Rückendeckung zu geben. Fletch hatte keine Ahnung, ob der Feuerwehrmann ihn verstanden hatte, doch in der Gegenwart dieser Gangster mit den nervösen Fingern konnte er ja schlecht eine intensive Unterhaltung mit Moose führen.

Mooses Kiefermuskeln zuckten, als er die Zähne

zusammenbiss, doch er nickte.

Fletch atmete erleichtert auf. Er hatte ihn verstanden.

Es war verzwickt. Penelope stand auf der anderen Seite des Gartens und sie hatten nur wenige Sekunden Zeit, um ihre Zusammenarbeit zu koordinieren, doch es würde klappen.

Die Einzige, deren Reaktion unberechenbar war, war Annie.

KAPITEL FÜNF

Emily war sauer. Das war ihre Hochzeit. Sie hätte Spaß machen sollen. Es hätte ein Abend sein sollen, an dem sie ihr neues Leben mit ihrem Mann feiern und Zeit mit ihren Freunden verbringen konnte. Und die Hochzeit *hatte* auch Spaß gemacht. Großen sogar. Bis diese Arschlöcher beschlossen hatten, sich zu nehmen, was ihnen nicht gehörte. Und sie zu bedrohen.

Sie starrte den Mann an, der ihre Tochter festhielt. Sie hatte gar nicht gewusst, dass sie so viel Hass empfinden konnte.

»Ganz ruhig, Em«, sagte Rayne leise. »Tu nichts Unüberlegtes.«

»Wenn er ihr auch nur ein Haar krümmt, bringe ich ihn um«, zischte Emily.

»Das wird nicht nötig sein, Fletch wird schneller sein als du«, konterte ihre Freundin sofort.

»Haltet die Klappe«, sagte der Mann, der ihre Tochter festhielt, in scharfem Ton. »Niemand redet.«

Sie standen schweigend da und beobachteten, wie die Männer auf der anderen Seite des Gartens einer nach dem anderen vortraten und ihre Wertsachen auf einen Tisch legten, an dem ein bewaffneter Mann stand. Emily stand vor der Gruppe von Frauen, Rayne links von ihr und Harley auf der rechten Seite. Mary befand sich neben Rayne und Penelope auf der anderen Seite neben Harley. Sie standen alle in einer Reihe vor Melody, Baby Hope und Akilah. Sie bildeten einen Schutzschild, um zu verhindern, dass die Bewaffneten noch weitere Kinder als Geiseln benutzen konnten.

Emily beobachtete, wie Fletch vortrat, um seine Brieftasche auf den Tisch zu legen, und zuckte zusammen, als sie sah, wie er langsam den Ehering abstreifte. Sie war keine Närrin, sie wusste, dass er ihn hätte abnehmen müssen, wenn er zu einem Einsatz gerufen worden wäre, aber zusehen zu müssen, wie er das Symbol ihrer Liebe nur Stunden, nachdem sie ihn Fletch an den Finger gesteckt hatte, wieder abnahm, tat weh. Sehr sogar.

Doch es war offensichtlich, dass er genauso

unglücklich darüber war wie sie. Emily sah, wie ihr Mann aggressiv seine Arme seitlich ausstreckte, als wollte er den Bewaffneten dazu anstacheln, ihn zu attackieren. Sie hielt den Atem an. Nach ein paar Worten trat Fletch rückwärts vom Tisch weg, seine Arme immer noch ausgestreckt, bis er wieder bei der Gruppe von Männern war. Sie atmete erleichtert auf.

»Sieht so aus, als würde dein Geliebter kooperieren, kleine Braut. Klug von ihm.«

Emily warf dem bewaffneten Mann einen stechenden Blick zu. Es war offensichtlich, dass sie absichtlich diese Hochzeitsfeier ausgesucht hatten. Sie und Fletch hatten die kleine Hochzeitstorte angeschnitten, die sie bestellt hatten, und ihren ersten Tanz zusammen getanzt, so wie alle Paare. Wenn dieser Kerl wusste, dass sie die Braut war, dann hatten sie vermutlich schon vor diesem Abend von der Hochzeit gewusst. Es konnte kein Zufall gewesen sein. Fletchs Haus lag nicht an einer Hauptstraße. Sie fragte sich, wie viele andere Feiern und Hochzeiten sie bereits überfallen hatten. Verdammte Mistkerle.

Annie holte tief Luft, als wollte sie etwas zu dem Mann sagen, der seine Hand auf ihrer Schulter hatte, doch Penelope kam ihr zuvor. »Du machst dem kleinen Mädchen Angst«, sagte sie so laut, dass der Bewaffnete auf der gegenüberliegenden Seite des Gartens sie hören konnte.

»Sehe ich aus, als würde mich das interessieren?«, schnauzte der Mann und verstärkte den Griff an Annies Schulter.

»Wenn du sie zum Weinen bringst, wird es ihren Daddy wütend machen«, warnte Penelope ihn.

Emily schaute die andere Frau an und hatte keine Ahnung, warum sie das gesagt hatte. Dann schaute sie ihre Tochter an. Annie sah aus, als hätte sie überhaupt keine Angst. Sie sah wütend aus. Sie konnte ihren eigenen Gesichtsausdruck wie in einem Spiegel sehen.

Annies Blick wanderte von Penelope zu ihrer Mutter, dann wieder zurück zu Penelope.

»Sie zittert fast vor Angst«, sagte Penelope mit kaum hörbarem Unterton.

Als sie das vernahm, fing Annie an zu schniefen und Emily konnte sehen, wie sie am ganzen Körper anfing zu zittern.

Emily verengte die Augen und versuchte herauszufinden, was mit Annie los war. Sie hatte noch nie so gezittert, wenn sie geweint hatte. Eigentlich weinte Annie sowieso selten. Sie war hart im Nehmen und unterdrückte die Tränen, auch wenn jemand sie verletzt hatte. Doch bevor sie die Situation genauer einschätzen und herausfinden konnte, ob Annie wirklich verletzt war und sie etwas tun musste, schnappte Melody hinter ihr nach Luft und flüsterte: »John!«

Emily schaute zu der Gruppe der Männer hinüber und sah, wie Melodys Ehemann hinkte; offensichtlich war er an der Reihe, zum Tisch zu gehen und seine Wertsachen abzugeben.

»Was in aller Welt ist da los?«, murmelte Melody, während sie beobachteten, wie der starke und fähige ehemalige SEAL mit dem bewaffneten Mann sprach. Er stand mit hängenden Schultern und nach vorne geneigtem Kopf da. Sie konnten nicht hören, was gesagt wurde, doch innerhalb weniger Augenblicke trat Fish an den Tisch heran und stellte sich neben Tex.

Im Gegensatz zu dem SEAL sah Fish überhaupt nicht eingeschüchtert aus. Er hielt seinen Blick auf den Mann mit dem Gewehr gerichtet, während sie sprachen. Dann entfernten die beiden Männer fast gleichzeitig ihre Prothesen und legten sie auf den immer größer werdenden Haufen auf dem Tisch. Dann half Fish Tex, zurück zur Gruppe zu gehen.

»Tex verletzt?«, fragte Akilah leise ihre Mutter.

»Nein«, flüsterte Melody. »Es ist ein Plan. Dein Vater ist genauso stark mit nur einem Bein.«

»Wie Baby«, sagte Akilah erleichtert.

»Genau, wie unser Hund Baby«, bestätigte Melody. Die Hündin hatte nur drei Beine, war jedoch genauso schnell wie ein vierbeiniger Hund. Sie hatten sie bei Melodys bester Freundin Amy und ihrer Familie gelassen. Dort wurde Baby genauso gemocht wie von Melody ... zumindest fast.

Sie beobachten, wie die Männer einer nach dem anderen ihre Taschen leerten. Über dem Garten hing eine gefährliche Mischung aus Testosteron und Anspannung. Emily hatte keine Ahnung, warum die Bewaffneten nichts davon spürten. Sie konnte jedoch mit Bestimmtheit sagen, dass sie nichts davon mitbekamen, denn sonst hätten sie sich so weit wie möglich vom Grundstück entfernt.

Emily musste ihre Aufmerksamkeit zwischen ihrer Tochter und ihrem Ehemann aufteilen und sie schämte sich fast, als sie bemerkte, dass sie Fletch öfter anschaute als Annie. Wenn sie Annie betrachtete, fühlte sie sich ängstlich und machtlos, weil sie ihr nicht helfen konnte. Doch wenn sie Fletch ansah, fühlte sie sich beruhigt, sicher und beschützt.

Er war zweifelsohne wütend, doch er hatte sich unter Kontrolle. Er und seine Teamkollegen und

Freunde würden dafür sorgen, dass ihnen nichts passierte. Sie wusste, dass sie höchstwahrscheinlich einen Plan hatten.

Fletch hatte sie nicht mehr angeschaut, seit er seine Wertsachen abgegeben hatte, doch plötzlich hörte er auf, mit den Augen die Umgebung abzutasten, und schien auf etwas zu ihrer Rechten fixiert zu sein. Emily drehte den Kopf und sah, wie Penelope eindringlich zu Fletch und den anderen Delta-Soldaten hinüberschaute.

Sie beobachtete, wie Penelope mehrere Bewegungen mit dem Kopf und den Armen machte. Sie schaute wieder zu Fletch hinüber und sah, wie er nickte. Sie hatte keine Ahnung, was vor sich ging, aber was auch immer es war, es hatte etwas mit Penelope zu tun. Emily hatte eigentlich nie darüber nachgedacht, doch jetzt erinnerte sie sich plötzlich daran, dass Penelope auch eine Soldatin war. Sie hatte sie immer eher als Feuerwehrfrau angesehen, doch den Spitznamen »Armeeprinzessin« hatte sie nicht umsonst bekommen.

»Zeit, dich an die Arbeit zu machen, Mädchen«, sagte der Mann, der Annie festhielt.

Das kleine Mädchen schaute zu ihm hinauf, sagte jedoch nichts.

»Deine Aufgabe ist es, zu den Frauen zu gehen und

ihnen den Schmuck abzunehmen. Ohrringe, Halsketten, Ringe, Armbänder ... alles. Lass keine der Frauen aus und lass keine von ihnen etwas behalten.« An die versammelten Frauen gewandt sagte er mit lauter Stimme: »Wenn eine von euch auch nur *ein einziges* Schmuckstück zurückbehält, werde ich diesem kleinen Mädchen wehtun. Wenn eine von euch versucht, ihren Ehering zu behalten, werde ich der Kleinen einen Finger brechen. Sollte eine von euch ein Armband verstecken, breche ich ihr das Handgelenk. Weigert ihr euch, die Taschen zu leeren, werde ich ihr die Schulter ausrenken. Und wenn ihr dann *immer* noch dumm genug seid und etwas zurückbehaltet, werde ich das kleine Baby nehmen, von dem ihr denkt, dass ich es nicht sehe, und ihm einen Finger nach dem anderen brechen und dann beide Beine.«

Emily starrte den Mann schockiert an. Bis jetzt war er ziemlich ruhig gewesen, vor allem im Vergleich zu den anderen Gangstern. Dadurch hatte er seine Verrücktheit besser verstecken können. Wenn er damit drohte, Annie zu verletzen oder die Beine und Finger der kleinen Hope zu brechen, würde er auch nicht zögern, eine von ihnen zu erschießen.

»Nicht wehtun Alam«, flüsterte Akilah wütend.

»Es ist in Ordnung«, sagte Melody zu ihrer Tochter und legte die Hand auf ihren Unterarm als Warnung und Trost gleichzeitig.

Annie hatte einen rebellischen Gesichtsausdruck, sagte jedoch kein Wort und würdigte den Mann, der damit gedroht hatte, ihr wehzutun, keines Blickes. Sie marschierte nach links und stellte sich vor eine von Emilys Freundinnen aus dem Supermarkt. Sie streckte ihr ihre kleine Hand entgegen und die Frau nahm erst ihre Ohrringe, dann ihre Uhr und schließlich die niedliche Perlenkette ab, die sie trug. Sie legte alle Schmuckstücke in Annies Hand. Diese drehte sich, ohne ein Wort zu sagen oder zu fragen, ob die Frau sicher war, dass das alles war, um und ging mit gesenktem Kopf zu dem Mann zurück.

Sie hielt ihm die Schmuckstücke entgegen und er schaute sich um, als wollte er herausfinden, wo er sie hinlegen sollte. Er hatte offensichtlich die Prozedur des Schmuckeinsammelns nicht durchdacht. Er schaute eine der älteren Frauen an, die eine Handtasche über der Schulter trug und befahl: »Du. Bring deine Tasche hierher.«

Sie streckte sie ihm entgegen.

Er griff nicht einmal nach ihr, sondern sagte

stattdessen zu Annie: »Nimm sie, geh mit ihr von Frau zu Frau und leg alle Sachen hinein.«

Annie nahm der Frau wortlos die Ledertasche ab und ließ den Schmuck der ersten Frau hineinfallen. Dann drehte sie sich um und ging dorthin zurück, wo sie angefangen hatte, und stellte sich vor die zweite Frau.

Ohne etwas zu sagen, ging Annie von einer Frau zur anderen und legte einfach ein Schmuckstück nach dem anderen in die Tasche.

Als sie bei Penelope ankam, schaute Annie ihr direkt in die Augen und Penelope sagte: »Du bist ein braves Mädchen, Annie. Danke. Du hast nicht einmal geweint, obwohl ich weiß, dass dir vermutlich danach ist. Das ist schon in Ordnung, weißt du. *Es ist in Ordnung zu weinen.*«

Annie nickte und sagte endlich etwas. »Ich habe solche Angst«, verkündete sie laut. »Ich will nicht, dass mir jemand die Finger bricht.«

»Natürlich nicht«, beruhigte Penelope sie. »Es werden dir alle ihren Schmuck geben, damit du dir keine Sorgen darüber machen musst.« Sie griff sich in den Nacken und entfernte ihre Halskette. Emily beobachtete die andere Frau aufmerksam, doch irgendwie kam es ihr vor, als hätte sie etwas übersehen. Etwas, das ihre Tochter klar und deutlich wahrnahm.

Penelope sah ruhig aus und schien sich unter Kontrolle zu haben. Wenn Emily sie nicht so genau beobachtet hätte, hätte sie das kleine Zeichen übersehen, das ihr verriet, dass sie nicht so ruhig war, wie es den Anschein machte. Kurz bevor sie ihre Halskette in die Tasche fallen ließ, zögerte sie und strich wehmütig mit dem Daumen über das Malteserkreuz.

»Richtig«, warf Harley ein. »Wir geben dir alles, was wir haben, damit niemand verletzt wird.«

Emilys Blick ruhte auf ihrer Tochter. Sie hatte zwar gesagt, sie hätte Angst, doch ihre Stimme klang *überhaupt* nicht verängstigt. Jetzt nickte Annie Penelope zu und Emily schaute die Feuerwehrfrau an. Sie hatte nicht gehört, was die Frau ihrer Tochter zugeflüstert hatte, doch jetzt lächelte Penelope Annie an.

»Es reicht, genug geplaudert!«, bellte der Mann mit dem Gewehr. »Beeil dich, Mädchen. Hör auf zu trödeln.«

Annie nickte und stellte sich vor Harley. Die Frau nahm all ihren Schmuck ab und legte Annie dann beruhigend die Hand auf die Schulter.

Dann stellte sich Annie vor ihre Mutter.

Emily atmete zitternd ein und schaute traurig zu ihrer Tochter hinunter. Sie nahm ihre Halskette ab und ließ sie auf die anderen Schmuckstücke fallen. Sie nahm zuerst den einen, dann den anderen Ohrring ab. Dann zog sie sich langsam die beiden Armbänder von den Handgelenken. Beide waren Geschenke von Fletch gewesen. Schließlich griff sie nach ihrem Ehering.

»Es ist in Ordnung, Mommy«, sagte Annie so leise, dass Emily wusste, dass niemand außer ihr und vielleicht Rayne und Harley sie hören konnte. »Daddy Fletch wird nicht zulassen, dass jemand dir deinen besonderen Ring wegnimmt. Und Soldat Annie ist bei der Arbeit.«

In Annies Augen waren weder Angst noch Zweifel zu sehen, was Emily ziemlich erschreckte. »Daddy wird sich darum kümmern«, beruhigte sie ihre Tochter und bereute zum ersten Mal, dass sie ihre Tochter mit Fletchs Freunden hatte Soldat spielen lassen. Sie wollte nicht, dass Annie dachte, in dieser Situation irgendetwas tun zu können. Sie war nur ein kleines Mädchen und *kein* Soldat, so sehr sie das auch sein wollte.

»Niemand wird sich um irgendetwas kümmern«, schnauzte der Bewaffnete. Er hatte offensichtlich die panischen Worte gehört, die sie ihrer Tochter zugeflüstert hatte. »Niemand außer uns. Und jetzt beeil dich, Mädchen. Ich verliere die Geduld.«

Als hätten seine Worte in ihrem Kopf einen Schalter umgelegt, drehte Annie sich zu ihm um und flehte ihn an: »Bitte tun Sie mir nicht weh. Ich tue mein Bestes. Diese Tasche ist wirklich schwer.«

»Wen kümmert das schon«, rief der Mann mürrisch. »Mach endlich weiter.«

Annie nickte und stellte sich vor Rayne. Ihr Blick wanderte zu Emily zurück und sie zwinkerte. *Zwinkerte.*

In diesem Moment wurde Emily klar, dass Annie das Ganze *tatsächlich* für ein neues Abenteuer hielt. Als wäre es nicht schlimm genug gewesen, dass ihre Schule wegen eines Verrückten, der mit einer Waffe eingedrungen war, hatte geschlossen werden müssen, während Annie und ihre Klassenkameraden zum Fenster hinauskletterten, um vor ihm zu fliehen. Als hätte es nicht ausgereicht, dass jemand sie betäubt hatte und sie aus einem großen Metallcontainer hatte kriechen müssen, um Hilfe zu holen. Nein, jetzt steckte Annie mitten in einem Raubüberfall auf der Hochzeitsfeier ihrer Eltern.

Sie öffnete den Mund, um ihre Tochter zurechtzuweisen. Um ihr zu sagen, dass es kein Spiel war und sie ernsthaft verletzt werden könnte, doch

Akilahs schleppende englische Worte hielten sie davon ab.

»Ich habe Arm. Willst du auch?«

»Was?«, bellte der Mann, der entweder verwirrt war über das, was sie gesagt hatte, oder weil er sie wegen ihres starken Akzents nicht verstanden hatte.

»Mein Arm. Willst du? Die anderen haben gegeben.« Der Teenager zeigte auf den Tisch, der auf der gegenüberliegenden Seite vor den Männern stand.

Der Mann mit dem Gewehr drehte sich um, um über den Hof zu seinen Kameraden zu schauen. Er sah, dass eine Arm- und eine Beinprothese bei den Wertsachen der Männer auf dem Tisch lagen, und wandte sich dann wieder an das irakische Mädchen. »Ja. Nimm das verdammte Ding ab. Sieht so aus, als könnten wir heute eine ganze Ansammlung von Gliedmaßen mitnehmen.« Dann lachte er wie ein Verrückter.

Während Annie die restlichen Schmuckstücke der Frauen in Empfang nahm, nahm Akilah ihre Prothese ab. Sie war viel aufwändiger gemacht als die von Fish. Sie hatte dieselbe Farbe wie Akilahs Haut und eine Hand mit Fingern, anstatt nur einen einfachen dreizackigen Haken wie die Prothese des ehemaligen Deltas.

Emily hatte den morbiden Gedanken, dass die

Prothese wie ein richtiger abgetrennter Arm aussehen würde, sollte das Mädchen falsches Blut ans obere Ende streichen. Es war ein seltsamer Gedanke, doch es war eine seltsame Situation.

Schließlich kam Annie bei Akilah und Melody an. Sie schlang die Tasche über ihren Kopf, sodass der Riemen auf ihren kleinen Schultern lag, und griff nach der Prothese.

»Ich werde vorsichtig sein«, versprach Annie.

»Er ist schwer«, sagte Akilah leise zu Annie.

Annie sagte nichts, doch Emily beobachtete, wie sie leicht nickte, während sie die Prothese entgegennahm.

»Komm her!«, befahl der Mann schroff. »Hör auf zu reden! Herrgott! Wie oft muss ich es noch sagen?«

Annie ließ die Schultern hängen und hinkte in Richtung des Mannes, als wäre die Tasche einfach zu schwer, um sie bequem tragen zu können. Als sie in Reichweite war, packte der Mann sie wieder an der Schulter und zerrte sie vor sich hin. Annie hielt Akilahs Arm fest, drückte ihn an ihren kleinen Körper und umklammerte ihn, als wäre er ihr geliebter Teddybär.

»Hast du alles?«, rief einer der Männer, die mit den Gewehren auf die Männer zielten, über den Rasen.

»Ja.«

»Alles?«, wollte der Mann wissen.

»Ja, verdammt«, knurrte der Mann, der Annie festhielt. »Hab ich doch gesagt.«

»Das Kind soll alles hierherbringen«, befahl der andere Mann ungeduldig.

»Du hast ihn gehört, los«, sagte der Geiselnehmer und schubste Annie so stark, dass sie stolperte und fast zu Boden fiel. Sie konnte sich kaum auf den Füßen halten und drehte sich zu dem Mann mit dem Gewehr um.

»A-aber ich habe A-angst«, sagte Annie und umklammerte Akilahs Prothese noch mehr.

»Gut«, sagte er gefühllos. »Dann tust du nichts Dummes und niemand wird verletzt.«

Annie drehte sich um und schlurfte mit hängenden Schultern und gesenktem Kopf über den Rasen. Emily spürte, wie sich ihre Schultern anspannten, während sie beobachtete, wie ihre Tochter sich mit der schweren Tasche abmühte. Sie sah, dass der Mann auf der anderen Seite des Gartens etwas zu ihr sagte, ihr dann mit einer Hand die Tasche über den Kopf streifte, während er mit der anderen gegen ihre Brust stieß.

Annie fiel rückwärts auf ihren Hintern und landete im Gras. Akilahs Arm, den sie festgehalten hatte, flog ihr aus den Händen und landete neben ihr. Dann öffnete Annie den Mund und fing an zu weinen.

So laut, dass die kleine Hope aufwachte und anfing, sich zu regen.

So laut, dass Emily nach Luft schnappte und einen Schritt nach vorne trat. Harley und Rayne hielten sie jedoch zurück und ergriffen sie an den Oberarmen.

So laut, dass Fletch, Truck und Dude auch einen Schritt nach vorne machten, als wollten sie Annie in die Arme nehmen und trösten. Zum Glück blieben sie nach diesem einen Schritt regungslos stehen.

So laut, dass der Mann, der sie umgestoßen hatte, sich die Ohren zuhielt, weil das Weinen des kleinen Mädchens am Boden so schrill war.

So laut, dass der Mann, der die Frauen bewacht hatte, lachend den Kopf zurückwarf, als er die gequälten Geräusche des Mädchens hörte, das er Minuten vorher bedroht hatte.

Schließlich konnte man einen der Gangster auf der anderen Seite rufen hören: »Halt die Klappe und geh zu den Frauen zurück!«

Annie hatte ihn entweder nicht gehört oder ignorierte ihn, denn sie bewegte sich nur, um nach Akilahs falschem Arm zu greifen und ihn wieder fest an sich zu drücken. Jetzt weinte sie sogar noch lauter.

Der Mann, der sie umgestoßen hatte, beugte sich über sie und zog sie an einem Arm in die Höhe. Annie gelang es, sich an die Prothese zu klammern, und sie weinte weiterhin. Emily hatte ihre Hände zu Fäusten geballt und beobachtete, wie der Mann sich zu ihr neigte und etwas zu ihrer Tochter sagte.

Annie hörte nicht auf zu weinen, nickte jedoch und ging langsam auf die Frauen zu. Emily atmete erleichtert auf. Sie waren nicht außer Gefahr, noch lange nicht, doch immerhin würde ihre Kleine bald wieder näher bei ihr sein. Ein böser Kerl mit einem Gewehr war besser als drei.

Annie weinte immer noch, als sie sich dem Mann mit der Waffe näherte.

»Wieso zur Hölle weinst du?«, fragte er ungeduldig.

»Ich bin h-hingef-fallen«, jammerte Annie und stand still.

»Und?«

»Es hat weeehgetaan!«

»Großer Gott«, murmelte der Mann. »Was bist du bloß für eine Memme. Er hat dich doch nur ein bisschen geschubst. Reiß dich zusammen.«

Emily kochte vor Wut. Wie konnte er es wagen,

ihrer Tochter zu sagen, sie solle sich zusammenreißen? Dazu hatte er kein Recht. Er hatte kein Recht, ihren Schmerz zu verharmlosen. Kein Recht, sie zu bedrohen. Kein Recht, überhaupt *anwesend* zu sein.

Gerade als Emily im Begriff war, zu ihrer Tochter zu marschieren, sie dem bewaffneten Mann zu entreißen und zu trösten, wandte der Mann den Blick von Annie ab und rief seinen Gangsterfreunden etwas zu.

Annie weinte kein bisschen weniger, ihr Blick wanderte jedoch zu Penelope, der von Emily ebenso, da sie ihre Tochter genau beobachtet hatte. Die Feuerwehrfrau nickte.

Emily beobachtete entsetzt, wie ihre Tochter Akilahs Armprothese packte, sie wie einen Baseballschläger hielt und sie dann mit voller Kraft gegen das Bein des Mannes schlug.

KAPITEL SECHS

Fletch ließ seine Tochter nicht aus den Augen. Als der Mann mit dem Südstaatenakzent sie umgestoßen hatte und sie hart auf dem Rasen gelandet war, hatte er vor Wut und Entsetzen nach Luft geschnappt.

Als sie angefangen hatte, vor Schmerzen zu jaulen, hatte er einen Schritt nach vorne gemacht und bemerkt, dass Truck dasselbe tat. Glücklicherweise waren beide stehen geblieben und nicht auf Annie zugelaufen, obwohl sie sich hatten dazu zwingen müssen.

Der Mann, der sie umgestoßen hatte, hielt sich die Ohren zu, um das schrille Weinen des kleinen Mädchens zu dämpfen.

Fletch sah, dass der Mann auf der gegenüberliegenden Seite lachte. Fletchs Augen verengten sich. Um diesen Kerl würden sie sich Sorgen machen müssen. Wer über ein Kind lachte, das vor Angst und Schmerzen schrie, konnte keine Seele haben.

Es dauerte einen Moment, doch schließlich erkannte Fletch, dass Annies Geschrei nicht echt war. Sie hatte keine Tränen in den Augen und schrie und stöhnte eigentlich eher, als dass sie weinte. Ihr Geschrei hatte ihn anfangs gestört, weil sie eigentlich nie heulte, und die Tatsache, dass sie es jetzt tat, hatte ihn entsetzt. Doch schließlich hatte er sie genauer beobachtet und gemerkt, dass die kleine Schelmin alles nur vortäuschte. Er hatte keine Ahnung, was sie sich dabei dachte, aber wenn sie versuchte, so die bewaffneten Männer abzulenken, musste er bereit sein. Es gefiel ihm ganz und gar nicht, dass sie sich in Gefahr brachte, doch im Moment konnte er nichts anderes tun, als dafür zu sorgen, dass sie am Leben blieb.

Die Männer, die Annie als Geisel genommen hatten, waren offensichtlich nicht oft mit Kindern zusammen, wenn überhaupt jemals. Sie schienen keine Ahnung zu haben, dass Annie ihren Wutanfall nur vortäuschte.

Während die Bewaffneten durch ihr Geschrei abgelenkt wurden, lehnte sich Fletch zu Ghost hinüber und sagte schnell und leise: »Annie lenkt ihn absichtlich ab. Tiger kümmert sich um den anderen Kerl. Wir nehmen den Kerl, der neben uns steht, Fish, Tex und TJ knöpfen sich das Arschloch aus dem Süden vor und Wolf und sein Team schnappen sich den Ruhigen.«

»Wer gibt Tiger Rückendeckung?«, wollte Ghost wissen.

»Ihr Mann. Moose. Und ich könnte wetten, dass Truck im Handumdrehen neben Mary stehen wird. Es würde mich nicht wundern, wenn auch ein oder zwei SEALs mitmachen würden. Ich gebe es nur ungern zu, aber Tiger braucht Hilfe. Dieses Arschloch ist völlig verrückt.« Fletch hatte nicht mit Truck gesprochen, doch dieser hatte sich bereits an den äußeren Rand ihrer Gruppe bewegt; eine Position, von der aus er in Sekundenschnelle auf die andere Seite des Gartens laufen konnte.

»Zehn-vier.«

»Kann Annie damit umgehen?«, fragte Ghost beunruhigt.

»Absolut«, antwortete Fletch. Er war nicht glücklich darüber, doch er hatte anstatt Angst nur Begeisterung in Annies Augen gesehen, als sie ihn in der Menge erblickt hatte. Er wusste nicht, was das bedeutete, wahrscheinlich, dass er ein erbärmlicher

Vater war, doch im Moment kümmerte ihn das wenig. Er war viel zu erleichtert darüber, dass sie nicht zitterte und vor Angst außer sich war. Er wollte auf keinen Fall, dass der Hochzeitstag ihrer Eltern der Grund dafür war, dass sie für den Rest ihres Lebens eine Therapie benötigen würde.

Fletch drehte sich zu Wolf um und deutete zuerst mit dem Kinn in Annies Richtung, dann zu Tiger, die bei den Frauen stand. Wolf nickte und schaute den Mann an, der sie bewachte. Fletch war froh, dass Wolfs Team sich um die Bedrohung auf dieser Seite kümmern würde, und wandte den Blick wieder auf seine Tochter, die immer noch den Auftritt ihres Lebens bot.

Der Mann, der sie umgestoßen hatte, hatte schließlich genug von Annies Tränen und brüllte: »Halt die Klappe und geh zu den Frauen zurück!«

Annie reagierte nicht, sondern drehte sich zur Seite, schnappte sich die Armprothese und drückte sie wieder an ihre Brust. Ohne ein Wort zu sagen, beugte sich der Mann über das kleine Mädchen, packte es am Arm, zog es auf die Füße und sagte etwas zu ihm.

Fletch knirschte mit den Zähnen. Der Mann wagte es besser nicht, seine Tochter zu bedrohen. Annie nickte nur und ging dann, ohne einen weiteren Blick in seine Richtung zu werfen, über den Rasen. Fletch standen die Nackenhaare zu Berge. Das war's. Was auch immer Annie und Tiger geplant hatten, es würde gleich losgehen.

Er musterte die bewaffneten Männer und war erstaunt darüber, dass sie so locker und entspannt aussahen. Sie dachten, sie hätten die Situation unter Kontrolle, und schienen die Spannung, die in der Luft lag, nicht zu spüren. Idioten.

Annie war wieder bei dem Bewaffneten angekommen, der bei den Frauen stand. Er sah, wie sie miteinander redeten. Er konnte immer noch hören, wie Annie weinte, während sie sprach.

Dann drehte der Mann den Frauen den Rücken zu. Er hatte gerade begonnen, den anderen zuzurufen: »Beeilt euch mit dem ganzen Scheiß«, als Annie zuschlug.

Sie hielt Akilahs Armprothese wie einen Baseballschläger und knallte sie dem Mann, der neben ihr stand, ans Bein.

Mit voller Wucht.

Fletch war schon in Bewegung, bevor der Schlag ihn getroffen hatte.

Genauso wie Ghost.

Und Tex und Fish.

Und TJ.

Truck, Wolf, Dude und die anderen SEALs liefen ebenfalls los.

Es wäre fast poetisch gewesen, wenn es nicht so gewalttätig erschienen wäre.

Es war nicht verwunderlich, dass Wolf und sein Team den Mann auf ihrer Seite innerhalb von Sekunden bewusstlos zu Boden gebracht hatten.

Fletch, Ghost und ihr Team hatten den Mann, der vor ihnen gestanden hatte, ebenfalls überrumpelt, ehe dieser überhaupt wusste, was geschah.

Fish und Tex bewegten sich, als hätten sie ihr ganzes Leben lang zusammen dreibeinig Wettläufe gewonnen, und kamen im gleichen Moment bei dem Mann an, der Annie zu Boden gestoßen hatte, als der Mann, dem Annie die Armprothese ans Bein geschlagen hatte, vor Schmerz aufheulte. Hollywood berichtete später, dass Tex dem Mann zur gleichen Zeit einen Schlag versetzte wie Fish, der ihm einen klassischen Seitenhieb ans Knie verpasste.

Dann tauchte TJ auf und riss ihm das Sturmgewehr aus den schlaffen Armen. Sobald der Mann nach Luft ringend auf dem Boden lag, drückte TJ ihm den Gewehrlauf an die Stirn. »Wenn du dich auch nur einen Zentimeter bewegst, du Hurensohn, puste ich dir den Kopf weg.«

Fletch kümmerte es nicht, was TJ mit dem Mann

vorhatte. Seine Sorge galt seiner Frau und seiner Tochter sowie den anderen Frauen.

Offensichtlich war er nicht der Einzige, der sich Sorgen machte, da Ghost, Coach, Tex und Fish ebenfalls quer durch den Garten liefen.

Der letzte Bewaffnete, derjenige, der die Frauen bewacht hatte, lag bewusstlos auf dem Boden. Blut strömte aus seiner zerplatzten Lippe und aus einer großen Schnittwunde am Kopf. Eins seiner Beine war gebrochen und es ragte ein Knochen aus einem blutigen Loch in seinem Unterarm.

Im Moment war Fletch egal, was passiert war, wie es passiert war oder *wer* es getan hatte. Er lief direkt zu Emily. Sie kniete auf dem Boden und hielt Annie in den Armen, drückte ihren kleinen Kopf an ihre Brust und versuchte zu verhindern, dass sie die grausamen Dinge sah, die hinter ihr vor sich gingen. Fletch fiel hinter seiner Tochter auf die Knie und umarmte Annie und Emily. Die beiden bedeuteten ihm mehr als alles andere auf der Welt.

Er spürte, wie Emily schauderte, sich dann jedoch beruhigte. Sie verharrten einige Sekunden lang in dieser Position, bis Annie begann, sich in ihren Armen zu winden und jammerte: »Ich kann nicht atmen, Daddy.«

Fletch atmete tief durch. Er war erleichtert

darüber, dass es allen gut zu gehen schien, und löste sich aus der Umarmung. Er drehte Annie sanft von Emily weg zu sich hin, sodass er ihr in die Augen schauen konnte.

»Geht es dir gut?«, fragte er, während er mit den Händen an ihren Armen entlangstrich.

Sie nickte.

»Bist du sicher?«

»Ja, Daddy. Es ist alles in Ordnung. Geht es *dir* gut?«

Er lächelte zum ersten Mal, seit alles angefangen hatte. Es war typisch Annie, den Spieß umzudrehen und zu fragen, ob es *ihm* gut ginge.

»Es geht mir gut, Knirps.«

Dann drehte sie sich in seinen Armen um und rief Akilah zu: »Dein Arm ist fantastisch, Akilah! Du hattest recht. Er ist *wirklich* schwer!«

Fletch hörte, wie alle um sie herum lachten, doch er konnte den Blick nicht von seiner Tochter abwenden. Sie war unglaublich. Er schob einen Finger unter ihr Kinn und drehte ihren Kopf wieder zu sich hin. »Hattest du Angst?«

Sie schaute ihm in die Augen und entgegnete leise: »Nicht wirklich.«

»Warum nicht?«

»Mommy hat gesagt, wenn man Angst hat,

bedeutet das, dass man etwas wirklich Mutiges tun wird. Und ich will mutig sein. Wie du.«

Fletch wandte den Blick von Annie ab und schaute Emily an. »Deine Mommy ist ganz schön schlau.«

»Ich weiß. Genau wie ich«, sagte Annie sachlich.

Ohne den Augenkontakt mit seiner Frau abzubrechen, küsste Fletch Annies Stirn und murmelte: »Genau.«

»Was hältst du davon, wenn wir uns die ganzen Wertsachen mal genauer anschauen?«, sagte eine tiefe Stimme über ihren Köpfen zu Annie.

Fletch schaute auf und sah, dass Dude vor ihnen stand. Er kannte den Mann nicht sehr gut, doch da war etwas in seinem Blick, als er seine Tochter anschaute, das Fletch auf einer fundamentalen Ebene verstand. Er hatte es in der Kirche gesehen, als er aufgestanden war, um die Plastikspielzeuge, die Annie im Mittelgang gestreut hatte, aus dem Weg zu räumen, damit Emily nicht darüber stolperte. Der Kerl war knallhart, doch er würde nie eine Frau oder ein Kind verletzen. Er konnte vermutlich schroff sein und sie herumkommandieren, doch er würde ihnen nie wehtun.

»Ja!«, antwortete Annie und streckte Dude, ohne zu zögern, die Arme entgegen. Sie hatte den Mann erst heute kennengelernt, doch sie schien eine gute Intuition zu haben, wenn es um Fremde ging.

Fletch schaute auf und sah, dass seine Tochter beide Arme um den SEAL geschlungen hatte und sich an ihn schmiegte. Er nahm sich vor, sie im Auge zu behalten, wenn sie anfing, sich mit Jungs zu verabreden. Sie schien eine Schwäche für starke Männer zu haben.

»Ich werde dafür sorgen, dass sie nichts sieht«, sagte Dude bestimmt zu Fletch.

»Vielen Dank«, entgegnete Fletch.

Dude nickte und Fletch beobachtete, wie der Mann namens Mozart an sie herantrat. Er hörte seine Tochter sagen: »Du hast eine Narbe wie Truck!« Sie streckte ihre kleine Hand aus und berührte die Wange des anderen Mannes.

Normalerweise hätte ihn Annies Vorliebe, große, unheimliche Männer mit Narben im Gesicht zu berühren und zu beruhigen, mit Besorgnis erregt, doch im Moment hatte er wichtigere Dinge zu tun.

Er drehte sich zu Emily um und fiel auf den Hintern, als sie sich auf ihn stürzte. Er nahm sie in die Arme und schaffte es, nicht auf den Rücken zu fallen. Er vergrub sein Gesicht an ihrem Nacken, während sie dasselbe tat. Sie schwiegen einen

Moment lang und genossen es, wieder zusammen zu sein, sicher und unversehrt.

Als Fletch spürte, wie Emily anfing, in seinen Armen zu zittern, drückte er sie noch fester an sich und lehnte sich zurück, damit er ihr Gesicht sehen konnte. »Em?«

»Es geht mir gut«, beruhigte sie ihn schnell. »Es ist nur das Adrenalin.«

Fletch wusste, wovon sie sprach. Er rieb mit den Händen ihren Rücken und versuchte, sie zu beruhigen.

»Diese Arschlöcher haben unsere Hochzeit ruiniert«, murrte sie leise.

»Nein«, sagte Fletch bestimmt, »das haben sie ganz bestimmt *nicht*. Heute ist unser Hochzeitstag und den kann uns keiner nehmen. Das ist nicht der Tag, an dem wir fast ausgeraubt wurden. Das ist *unser* Tag. Wir werden ihn zukünftig feiern und ich werde dich zum Abendessen ausführen und dich stundenlang verwöhnen, wenn wir nach Hause kommen. Heute ist der Tag, an dem ich Gott dafür danke, dass er uns zusammengeführt hat.«

»Das ist lieb«, murmelte Emily.

»Nein. Ist es nicht. Es ist eine Tatsache. Diese Arschlöcher haben genau das bekommen, was sie verdient haben. Sie haben sich die falsche Feier für ihren Überfall ausgesucht und werden lange Zeit im Gefängnis verbringen und es bereuen.«

»Waren die Kameras eingeschaltet?«, fragte Emily leise.

»Natürlich.«

»Dann wird die Polizei also sehen können, dass ihr in Notwehr gehandelt habt?«

Fletch griff mit beiden Händen nach ihrem Kopf und zwang sie, ihn anzuschauen. »Was geht bloß in deinem Kopf vor?«

Emily biss sich auf die Lippe und sagte leise: »Ich will nicht, dass ihr ins Gefängnis kommt.«

»Wir kommen nicht ins Gefängnis«, sagte Fletch sofort. »Es war eindeutig Notwehr, Liebes. Und sie sind nicht tot.«

»Wirklich?«, fragte Emily mit hochgezogener Augenbraue.

Es ärgerte Fletch, dass sie dachte, er würde jemanden vor Annies Augen töten, doch er wusste, dass sie wahrscheinlich nicht klar denken konnte. Außerdem hatte er sich kaum zehn Minuten zuvor selbst versichert, dass er sie, ohne darüber nachzudenken, töten würde, wenn einer von ihnen Annie oder Emily wehtat. »Nein. Sie sind nur bewusstlos. Ich glaube, Penelope hat denjenigen, der euch bewacht hat, am schlimmsten zugerichtet.«

Emily drehte den Kopf und schaute den bewusstlosen Mann an, der neben ihr lag. Er sah schlimm aus. Was auch immer mit ihm passiert war, es musste schnell, hart und brutal gewesen sein. Sie schaute zu Penelope hinüber, die neben dem Feuerwehrmann namens Moose stand. Er hatte einen Arm um ihre Schultern gelegt und sie sprachen mit Beatle und Blade.

»Oh. Hat jemand die Polizei gerufen?«, fragte Emily.

»Ja.« Fletch wusste zwar nicht, ob das stimmte, nahm jedoch an, dass *irgendjemand* die Notfallnummer gewählt hatte, um zu berichten, was geschehen war, und einen Krankenwagen anzufordern. Wenn es nicht einer der Zivilisten war, dann hatte TJ das sicher getan. Als Polizeibeamter hatte er sich bestimmt darum gekümmert.

Emily lächelte. Ein breites, strahlendes Lächeln, das seine Welt erhellte. »Unser Leben wird bestimmt nie langweilig werden, oder?«

Zum ersten Mal, seit die Männer mit den Gewehren aufgetaucht waren, entspannte sich Fletch. »Davon gehe ich aus.«

KAPITEL SIEBEN

Drei Stunden später war die Hochzeitsfeier ins Haus verlegt worden. Die Gäste waren von der Polizei befragt und die Bösewichte verhaftet und mit dem Krankenwagen ins Krankenhaus gebracht worden. Alle Wertsachen waren wieder ihren rechtmäßigen Besitzern zurückgegeben worden, einschließlich der drei Prothesen. Und die meisten von Fletchs und Emilys Freunden waren längst auf dem Nachhauseweg.

Diejenigen, die übrig geblieben waren, hatten sich in Fletchs Haus zurückgezogen und alle vorhandenen Sitzgelegenheiten eingenommen. Es war etwas eng, doch das schien niemanden zu stören.

Tex saß auf der einen Seite der Couch, Melody

dicht neben ihm. Die kleine Hope schlief in ihren Armen und Akilah saß vor ihnen auf dem Boden.

Penelope saß auf einem der großen Sessel und Moose beugte sich beschützend von der Armlehne aus über sie.

Mary saß auf der anderen Seite der Couch, mit Truck an ihrer Seite. Sie kuschelten zwar nicht, doch von Marys üblicher Feindseligkeit war nichts zu spüren. Sie sah erschöpft aus.

Ghost und Rayne saßen auf ein paar Kissen auf dem Boden. Rayne lehnte sich an Ghosts Brust. Coach und Harley saßen neben ihnen an einer Wand. Harleys Kopf ruhte auf Coachs Schulter und sie hielten sich gegenseitig fest.

Wolf, Abe, Cookie, TJ und Fish saßen am Küchentisch hinter der Couch und Mozart, Dude, Benny, Hollywood, Beatle und Blade standen im Wohnzimmer verteilt.

Annie schlief tief und fest auf der Couch neben Truck. Ihr Kopf ruhte auf seinem riesigen Bein und ihre Arme und Beine waren angezogen.

Und schließlich waren da Fletch und Emily, die vor dem Kamin saßen. Ihre verschränkten Hände lagen auf Fletchs Oberschenkel, während sie sich mit ihren Freunden unterhielten. Es war eine große

Gruppe und sie hatten in den letzten acht Stunden viel durchgemacht, doch niemand hatte es eilig, nach Hause zu gehen oder die Kinder ins Bett zu bringen.

»Also«, sagte Fletch leise, da er seine Tochter nicht aufwecken wollte, »ich war etwas abgelenkt. Kann mir jemand sagen, was mit dem Arschloch passiert ist, das die Frauen bewacht hat?« Er schaute Penelope an, während er die Frage stellte.

Sie hob das Kinn und richtete sich im Sessel auf. »Der Kerl hat mich unterschätzt, das ist passiert«, knurrte sie.

Fletch lachte und bemerkte: »Das ist offensichtlich. Du hast ihn ganz schön übel zugerichtet, Tiger.«

Sie lächelte und entspannte sich. Sie war offensichtlich erleichtert darüber, dass sie ihre Handlungsweise nicht rechtfertigen musste. »Na ja, eigentlich war das ja nicht ich, aber ich habe ihn festgehalten, während die anderen ihn vermöbelt haben. Nachdem Annie ihm mit Akilahs Arm eine verpasst und ihn abgelenkt hatte, habe ich versucht, ihm das Gewehr zu entreißen. Er war stärker als ich, doch ich wollte ihn davon abhalten, jemanden zu erschießen. Darüber musste ich mir allerdings nicht lange Gedanken machen, denn Moose war fast so schnell wie ich. Er hat dem Kerl einen Schlag ins Gesicht verpasst, während ich das Gewehr festhielt und ihm die Lippe aufgerissen habe. Es sah so aus, als wollte er Moose erschießen.«

Dann erzählte Moose weiter. »Ich habe ihm das Gewehr aus den Händen gerissen und ihm ein paarmal damit auf den Kopf gehauen. Ich wollte ihm gegens Knie treten, habe es jedoch verfehlt und ihn stattdessen am Oberschenkel erwischt. Ich konnte hören, wie der Knochen brach, als mein Fuß ihn traf. Dann ging er zu Boden.«

Jetzt war Fish an der Reihe. »Zu diesem Zeitpunkt sind Tex und ich bei ihm angelangt. Er hatte ausgeholt und wollte auf Tiger einschlagen. Um zu verhindern, dass sie verletzt wurde, hat Tex sein Handgelenk gepackt und ich habe ihm gleichzeitig einen Tritt verpasst.« Das jüngste Mitglied der Gruppe zuckte reuelos mit den Schultern. »Irgendwie ist sein Arm meinem Fuß in die Quere gekommen und der zertrümmerte Knochen hat die Haut durchstochen.«

»Danach wurde er ohnmächtig«, beendete Tex die Geschichte und grinste.

»Danke, dass du mir meine Halskette zurückgebracht hast«, sagte Penelope zu Tex.

Tex nickte und warf ihr einen Blick zu, der ihr bestätigte, dass er verstand, wie wichtig es für sie war, die Halskette mit dem Sender so schnell wie möglich wieder zu tragen.

»Es haben alle ihre Wertsachen wieder zurückbekommen, nicht wahr?«, fragte Emily zum dritten Mal.

»Ja, Liebes, alle haben ihre Sachen wieder zurückbekommen«, sagte Fletch, zog sie zu sich und küsste liebevoll ihre Stirn.

Emily schaute sich im Raum um und sagte: »Ich wollte ihnen meine Ringe nicht geben. Penelope, ich weiß, wie schlimm es für dich gewesen sein muss, die Halskette abzunehmen. Und Tex, Fish und Akilah, ich kann mir gar nicht vorstellen, wie es sich für euch angefühlt haben muss, ihnen die Prothesen überlassen zu müssen. Und ich weiß, dass ihr Jungs«, sie nickte den Navy SEALs zu, »nicht erwartet habt, mitten im Zweiten Weltkrieg zu landen, als ihr zur Hochzeit eines guten Freundes eingeladen wurdet. Ich kann nur sagen, dass es mir leidtut.«

»Das ist nicht deine Schuld«, knurrte Fletch gleichzeitig mit fast allen anderen.

Fish stand vom Tisch auf und ging zu Emily und Fletch hinüber, die vorm Kamin saßen. Er kniete sich vor sie hin und sagte mit tiefer, ernster Stimme, die aufgrund seiner Emotionslosigkeit noch intensiver klang: »Dein Mann und sein Team haben mir das Leben gerettet. Ich weiß nicht, ob ich damals wirklich gerettet werden *wollte*, für sie bestand jedoch kein Zweifel. Fletch und Truck haben mich so lange tyrannisiert, bis ich zugestimmt habe, bei der Hochzeit dabei zu sein. Ich wollte nicht kommen. Ich wollte in meinem Bett im Rehabilitationszentrum liegen und mich selbst bemitleiden. Aber irgendwie habe ich nach allem, was heute passiert ist, das Gefühl, dass ich es schaffen kann, aus dem dunklen Loch zu kriechen, in dem ich die letzten Monate gelebt habe. Irgendwo da draußen scheint die Sonne.«

»Was ist denn heute passiert?«, fragte Emily leise, ohne den Blick von dem gequälten Soldaten vor ihr abzuwenden.

»Deine Tochter ist passiert«, sagte Fish aufrichtig. »Sie ist so überglücklich in ihren Kampfstiefeln den Kirchengang entlang gestapft und hat Blumen und Armeefiguren gestreut, als wäre es das Normalste auf der Welt. Und Akilah, ein Mädchen, das viel Schlimmeres als ich durchgemacht hat und hundertprozentig glücklich ist, hat mir die Augen geöffnet. Ich habe erkannt, dass mein Leben noch nicht vorbei ist. Und ich weiß, dass meine toten Teamkollegen bestimmt nicht wollen würden, dass ich für den Rest meines Lebens verbittert und sauer auf die ganze Welt bin. Eure Hochzeitsfeier wurde von vier Männern unterbrochen, denen es scheißegal war, wen sie verletzten oder verängstigten ... alles nur, um an Geld zu kommen.

Ich habe Männer, die ich respektiere und denen ich vertraue, in Aktion erlebt. Ich habe gesehen, wie eine Frau, die ich noch nie getroffen habe, sich einem bewaffneten Mann entgegengestellt hat, ohne auch nur einen Gedanken an ihre eigene Sicherheit zu verschwenden. Ich habe gesehen, wie ein kleines Mädchen, das mehr Tapferkeit in ihrem kleinen Finger hat als viele Leute in ihrem ganzen Körper, einen Mann ausgetrickst hat, der viermal so groß war wie es selbst. Und ich habe Teamarbeit gesehen. Zwischen zwei Gruppen von Soldaten, die sich in der Vergangenheit darüber gestritten haben, wie man am besten den Feind bekämpft. Die Zusammenarbeit war einwandfrei und selbstlos und ich war zum ersten Mal, seit ich meinen Arm verloren habe, froh, am Leben zu sein.«

Emily hielt den Atem an, während Fish fortfuhr.

»Deshalb muss dir nichts, was heute passiert ist, leidtun, Emily Fletcher. Sei dankbar für deine

Freunde. Sei froh, dass alle in Sicherheit sind und unversehrt hier sitzen und stehen. Erfreue dich an der Liebe deiner Tochter und deines Mannes. Lache darüber, dass diese dummen Idioten, die versucht haben, euch den Hochzeitstag zu vermasseln, fachmännisch außer Gefecht gesetzt wurden und lange Zeit hinter Gittern verbringen werden. Sei dir gewiss, dass du beschützt und geliebt wirst und gute Männer um dich hast, die dir Rückendeckung geben.«

»Ich weiß«, flüsterte Emily Fish zu.

»Es geht mir noch nicht besser. Ich habe noch einen langen Weg vor mir«, sagte Fish, stand auf und schaute sich um. »Aber ihr alle habt mir die Hoffnung gegeben, dass ich es schaffen kann. Ich werde nie wieder der Mann oder der Soldat sein, der ich früher war. Aber ich habe erkannt, dass es keine Rolle spielt. *Das* ist alles, was zählt.«

Emily hörte, wie einige der anderen schniefen, doch sie wandte den Blick nicht von Fish ab. »Du bist hier jederzeit willkommen, Dane Munroe. Wir haben eine Wohnung über der Garage. Wenn du eine Bleibe brauchst, kannst du zu uns kommen. Wir werden dich nicht stören, du kannst dort so lange als Einsiedler leben, wie du willst.«

Fish lächelte sie an. Das erste richtige Lächeln,

das Emily auf seinem Gesicht gesehen hatte. »Danke, Emily. Das ist sehr nett von euch. Doch sobald ich aus der Reha entlassen werde, ziehe ich nach Westen. Vielleicht nach Idaho. Ich mag die frische Luft und die Berge. Und auch die Geschichte der Menschen, die dort am Rande der Gesellschaft leben.«

»Solange du keiner dieser Prepper wirst, ist alles in Ordnung«, murmelte Fletch halb scherzend.

Emily rammte ihrem Mann spielerisch den Ellbogen in die Seite, schaute jedoch weiterhin Fish an. »Ich hoffe, dass du findest, wonach du suchst«, sagte Emily leise.

»Ich auch«, antwortete Fish und seufzte.

Es war einen Moment lang still im Raum. Alle hatten sich auf das Gespräch zwischen Fish und Emily konzentriert und genossen es einfach, in der Gesellschaft der anderen zu sein. Dann stand Wolf vom Tisch auf. »In diesem Sinne verabschieden wir uns wohl besser.«

Emily und Fletch erhoben sich ebenfalls sofort, doch Wolf winkte ab.

»Bleibt sitzen. Wir finden alleine hinaus.« Er ging zu Emily, die immer noch dastand, und die anderen SEALs folgten ihm. Einer nach dem anderen trat zu ihr heran und umarmte sie zum

Abschied, so wie sie es vor nicht allzu langer Zeit bei der Zeremonie getan hatten.

Dann gingen alle zu Tex hinüber, schüttelten ihm die Hand und lächelten seine Familie an.

»Wir sollten auch gehen«, sagte Moose leise zu Penelope.

»Du fährst heute aber nicht mehr nach San Antonio zurück, oder?«, fragte Emily besorgt.

Penelope schüttelte den Kopf. »Nein. Wir übernachten in einem Hotel und fahren morgen früh los.« Als Emily sie mit großen Augen überrascht anschaute, erklärte Penelope schnell: »Nicht im selben Zimmer.«

Emily grinste ihre Freundin breit an.

»Ich fahre heute Abend zurück«, sagte TJ. »Ich bin es gewohnt, nachts lange Schichten im Streifenwagen zu fahren. Die paar Stunden bis zu mir nach Hause sind keine große Sache für mich.«

»Sagst du uns Bescheid, wenn du zu Hause angekommen bist?«, fragte Emily.

TJ lächelte, es schien ihn zu amüsieren, dass sie sich Sorgen machte.

Emily schaute zu Rayne und Harley hinüber. »Ich nehme an, ihr geht auch?«

Rayne rollte mit den Augen. »Ja, aber du weißt,

dass wir uns schon bald wiedersehen werden. Es ist ja nicht so, dass wir verschwinden würden.«

»Ich weiß, aber nach allem, was heute Abend passiert ist, wird es mir so vorkommen, als wärt ihr kilometerweit entfernt.«

Rayne hörte auf zu lächeln, ging zu Emily hinüber und umarmte sie. »Wir Delta-Frauen müssen zusammenhalten«, flüsterte sie ihr zu, während sie sie an sich drückte. »Ich rufe dich morgen an, einverstanden?«

»Einverstanden«, sagte Emily erleichtert.

Sie umarmte Harley, dann auch die Männer.

Das Wohnzimmer schien nun leer, obwohl immer noch einige Leute da waren.

Mary saß immer noch neben Truck auf der Couch, Annies Kopf auf seinem Schoß. Tex hatte sich nicht bewegt, Melody und ihre Töchter ebenso wenig. Hollywood, Beatle, Blade und Fish waren ebenfalls geblieben.

»Also ... wer übernachtet hier?«, fragte Emily etwas nervös, nachdem das Zimmer sich geleert hatte. Das war eine spontane Frage, vor allem, weil es ihre Hochzeitsnacht war, doch aus irgendeinem Grund wollte sie nicht, dass *alle* gingen. Sie brauchte ein paar Leute um sich herum. Sie wusste, dass Fletch sie beschützen würde, doch sie wollte auch, dass *er* Rückendeckung hatte. Und sie wusste, dass die wenigen Männer, die noch anwesend waren, genau das tun würden, so wie früher am Abend.

»Tex, du kannst mit deiner Familie in der Wohnung über der Garage übernachten«, sagte Fletch leise. »Truck und Mary, ihr könnt gern bleiben, und ihr Jungs«, sagte er zu seinen Teamkollegen mit einer abrupten Kopfbewegung, »könnt hier unten schlafen.«

»Ich kann nicht bleiben«, sagte Mary sofort und stand so schnell auf, dass sie schwankte.

»Immer mit der Ruhe«, murmelte Truck und hielt sie am Ellbogen fest.

»Es ist alles in Ordnung«, beteuerte Mary und befreite ihren Arm aus Trucks Griff.

»Ich bringe dich nach Hause«, sagte Truck, hob vorsichtig Annies Kopf von seinem Schoß und stellte sich neben Mary.

»Nein. Ich brauche mein Auto.«

»Warum?«

»Darum«, sagte Mary hartnäckig und starrte Truck an.

»Ich hole dich morgen früh ab und bringe dich hierher, um es zu holen«, sagte er ruhig.

»Das ist eine dumme Idee, Trucker. Ich fahre jetzt einfach nach Hause.«

»Wann hast du denn zum letzten Mal etwas gegessen?«, wollte er wissen und schaute sie fragend an.

Mary zog die Augenbraue hoch und entgegnete: »Was hat das denn mit meinem Auto zu tun?«

»Du schwankst, siehst blass aus und kannst kaum die Augen offenhalten. In diesem Zustand lasse ich dich bestimmt nicht nach Hause fahren.«

Mary öffnete den Mund, um zu protestieren, doch Akilah kam ihr zuvor. »Er hat recht. Lass ihn sich um dich kümmern. Wenn du einen guten Mann findest, solltest du«, sie hielt inne, als würde sie nach dem richtigen Wort suchen, und fuhr dann fort, »es schätzen.«

Mary schloss den Mund, als wüsste sie, dass es keinen Sinn machte, dem Mädchen zu widersprechen. Sie schaute Truck an und sagte leise: »Also dann. Ich bin tatsächlich müde und wir müssen uns unterhalten. Danke für dein Angebot.«

Das Lächeln auf Trucks Gesicht sprach Bände, obwohl niemand etwas dazu sagte. »Danke. Emily, Fletch, herzlichen Glückwunsch. Ich bin so froh, dass ihr jetzt offiziell zu unserer Familie gehört, obwohl das schon vorher der Fall war.«

»Danke, Truck«, entgegnete Emily.

Fletch streckte Truck die Hand entgegen und dieser schüttelte sie herzlich.

Dann waren nur noch Tex, seine Familie und die Delta-Jungs da.

»Geht schlafen«, sagte Beatle zu Fletch und Emily. »Ihr beide seht erschöpft aus.«

»Aber Annie –«, protestierte Emily.

»Ich kümmere mich um sie«, sagte Beatle schnell. »Ich bin mittlerweile ein ziemlich guter Babysitter. Es ist nicht das erste Mal, dass ich sie ins Bett bringe.«

»Ich habe ihren Blumenmädchenkorb mit den Armeefiguren neben ihr Bett gestellt. Im Moment scheinen das ihre Lieblingsspielzeuge zu sein. Sie hat ganz schön getobt, als wir die Kirche ohne sie verlassen haben.«

Beatle grinste. »Sie wollte der Hochzeit ihre eigene Note verleihen«, sagte er, als könnte er Annies Gedanken lesen.

»Das hat sie auch geschafft.« Emily lachte. »Bist du sicher, dass du sie ins Bett bringen willst?« fragte sie zögernd.

»Absolut«, antwortete Beatle entschlossen.

Fletch legte seiner Frau den Arm um die Taille und zog sie an sich heran. Sie umarmte ihn und schmiegte sich an ihn. »Tex, der Schlüssel zur

Wohnung hängt am Schlüsselbrett neben der Seitentür. Die Bettwäsche ist sauber und ihr könnt das Sofa ausziehen. Wir erwarten euch morgen zum Frühstück.«

Der SEAL lächelte und nickte. »Alles klar.«

»Danke, dass du hier bist«, sagte Fletch.

Tex stand mithilfe seiner Frau auf und ging leicht hinkend in Richtung Korridor. Der Tag war offensichtlich anstrengender für ihn gewesen, als er zugeben wollte. Fletch hätte sich normalerweise Sorgen um ihn gemacht, doch er wusste, dass Melody gut auf ihren Mann aufpassen würde. Man konnte leicht erkennen, wie sehr die beiden sich liebten.

Gerade als sie dabei waren, den Raum zu verlassen, drehte Tex sich um und schaute Emily an. »Wegen all dem, was heute passiert ist, bin ich noch nicht dazu gekommen, euch mein Hochzeitsgeschenk zu geben.«

Sie öffnete den Mund und wollte protestieren, doch Tex ließ nicht zu, dass sie etwas sagte. »Fletch hat erzählt, dass Annie sich gewünscht hat, sich Ohrlöcher stechen zu lassen. Sie mag zwar im Moment noch ein Wildfang sein, aber ich glaube, dass sie sehr modebewusst sein wird, wenn sie das Teenageralter erreicht. Ich kann nicht behaupten, dass ich es gut finde, wenn ein Kind in ihrem Alter sich Ohrlöcher stechen lässt«, sagte er, schaute auf seine kleine Tochter hinunter, die friedlich in den Armen seiner Frau schlief, dann wieder zu Emily hoch, »aber ich denke, früher oder später werdet ihr sowieso nachgeben, wenn sie euch mit ihren großen Augen anschaut. Deshalb habe ich ein Paar kleine Perlenohrstecker mitgebracht, die sie tragen kann.«

»Oh, ähm … danke«, stotterte Emily und wusste nicht recht, ob sie sich über das Geschenk freuen sollte. Es war nicht gerade ein Hochzeitsgeschenk.

Tex lächelte, als wüsste er genau, was sie dachte. »Es sind ganz besondere Ohrringe, Emily. Sie werden dir und jemandem, den du kennst und dem du hoffentlich vertraust, dabei helfen, deine Tochter jederzeit im Auge zu behalten. Wir leben in einer kranken, verrückten Welt und ich kann dir jetzt schon sagen, dass Hope ihr eigenes Paar bekommen wird, wenn sie alt genug ist.«

Dann sagte Akilah: »Ich habe auch welche«, und schob ihr Haar zurück, damit man die kleinen blauen Steine in ihren Ohren sehen konnte.

Tex lächelte seine Tochter an und legte ihr liebevoll die Hand auf den Kopf. Dann sagte er leise: »Schlaft gut. Wir sehen uns morgen früh. Euch beiden nochmals herzlichen Glückwunsch.« Dann verließen Tex und seine Familie den Raum.

Emily drehte sich sofort zu Fletch um. »Was sollte das denn?«

Er lächelte sie an und redete nicht um den heißen Brei herum. »Die Ohrringe sind mit Sendern versehen, Liebes.«

»Wie bitte?«

»So wie Tigers Halskette. Die, die sie nie abnimmt. Die, die alle SEAL-Frauen tragen. Dass er Annie die Ohrringe gibt, ist seine Art, uns zu sagen, dass wir uns nie mehr Sorgen machen müssen, dass sie verschwinden könnte. Nie mehr.«

»Ich weiß nicht, ob mir das gefällt. Es ist, als würden wir sie ausspionieren.« Emily kaute unentschlossen auf ihrer Lippe herum.

»Wir haben keinen Zugriff auf die Daten, Liebes. Nur Tex. Weißt du noch, wie du dich gefühlt hast, als Jacks dich entführt hat? Wenn jemand es wagen sollte, sich unsere Tochter zu schnappen, können wir bei ihr sein, bevor etwas Schlimmes passiert.«

»Na ja, jetzt wo du es so sagst ...«, murmelte Emily.

Fletch grinste. »Du musst dich nicht sofort entscheiden. Denk darüber nach.«

»Das werde ich.«

Fletch nickte und küsste ihren Kopf. »Macht es euch bequem, Jungs«, sagte Fletch zu Hollywood, Beatle und Blade, die ihr Gespräch unverfroren mitbelauscht hatten. »Stört mich nur, wenn das Haus brennt«, fügte er hinzu.

»Das würde uns im Traum nicht einfallen, Mann«, sagte Blade breit grinsend.

»Bevor ihr abrauscht und euch amüsiert, Mr. und Mrs. Fletcher, kann ich bitte den WLAN-Code haben? Ich möchte meine E-Mails überprüfen«, sagte Hollywood.

»Ach ja? Jemand, den wir kennen?«, fragte Fletch, bevor er seinem Freund das Passwort für den Internetzugang gab.

Hollywood lächelte und schüttelte den Kopf. »Nein, aber ich hoffe, dass ihr sie in ein paar Wochen beim Armeeball kennenlernen werdet. Wir schreiben uns schon seit einer Weile und ich mag sie. Sie ist ehrlich und ich finde es erfrischend, mich mit ihr zu unterhalten.«

»Toll«, sagte Emily grinsend. »Wie heißt sie?«

»Kassie«, antwortete Hollywood, sagte jedoch nichts weiter.

»Ich kann es kaum erwarten, sie kennenzulernen. Es scheint dir ... ernst mit ihr zu sein.«

Hollywood zuckte mit den Schultern, doch seine

Lippen verzogen sich zu einem kleinen Lächeln. »Ich glaube schon.«

»Klasse«, sagte Emily aufrichtig. Dann schaute sie die anderen an. »Braucht noch jemand etwas?«

»Es ist alles in Ordnung. Geht schon«, befahl Beatle und setzte sich neben der noch schlafenden Annie auf die Couch. »Wir werden einfach eine Weile hierbleiben und fernsehen ... ihr wisst schon ... damit wir nichts hören können.«

Emily errötete und schlang den Arm um die Taille ihres Mannes.

Fletch kniff die Augen zusammen, nickte Beatle zu und bestrafte ihn wortlos dafür, dass er Emily in Verlegenheit gebracht hatte. Dann führte er sie den Flur entlang in Richtung Schlafzimmer.

Vermutlich wäre es ihm peinlich gewesen, seine Hochzeitsnacht mit seinen Freunden im Flur zu verbringen, doch nach allem, was das Team zusammen durchgemacht hatte, kümmerte es ihn wenig, dass die Jungs wussten, dass er sich gleich bis zum Anschlag in seine Frau versenken würde.

Fletch konnte Emilys Kurven an seinem Körper spüren, während sie den Flur entlang in Richtung Schlafzimmer gingen. Er hatte jede dieser Kurven geleckt, geküsst und gestreichelt, doch der Gedanke daran, dass er gleich mit ihr schlafen würde –

diesmal im Bett und in aller Ruhe –, beschleunigte seinen Puls. Der Quickie, den sie früher am Tag gehabt hatten, war zwar schön gewesen und hatte dafür gesorgt, dass die Spannung etwas nachließ, doch jetzt war es Zeit, Emily zu zeigen, wie sehr er sie liebte und dass sie ihn heute zum glücklichsten Mann auf Erden gemacht hatte.

KAPITEL ACHT

Aus irgendeinem Grund war Emily nervös. Sie stand im Badezimmer und glättete mit den Handflächen die Vorderseite ihres elfenbeinfarbenen Nachthemds. Rayne hatte es ihr zur Hochzeit geschenkt und es war wunderschön. Es hatte Spaghettiträger und einen tiefen Ausschnitt, sodass die inneren Kurven ihrer Brüste sichtbar waren. Es schmiegte sich eng um ihre Taille und ihre Hüften. Es war kurz. Sehr kurz. Es bedeckte ihre Oberschenkel knapp bis zur Hälfte. Hinten war es bis zur Gesäßfalte ausgeschnitten und wurde nur durch ein Band in der Mitte des Rückens zusammengehalten.

Überraschenderweise – oder auch nicht – war es nicht besonders bequem. Die Spitze am Rand des Negligés kratzte und sie fühlte sich extrem ausgeliefert ... was vermutlich der Zweck war. Emily wusste zweifelsohne, dass sie dieses hautunfreundliche Material nicht lange ertragen würde, doch sie wollte es trotzdem anziehen.

Sie wusste, dass Fletch dachte, sie würde in der Unterwäsche, die sie unter ihrem Hochzeitskleid getragen hatte, ins Bett kommen. Der Gedanke, ihn zu überraschen, gefiel ihr.

Ihre Nervosität darüber, das Schlafzimmer zu betreten, das sie mit Fletch teilte, war albern. Er hatte sie schon nackt gesehen, natürlich hatte er das, doch heute Abend schien es anders zu sein. Vielleicht war es wegen dem, was vor ein paar Stunden passiert war, und weil sie wusste, dass der Abend ganz anders hätte ausgehen und jemand ernsthaft hätte verletzt werden können. Vielleicht war es das Gewicht des Eherings an ihrem Finger, obwohl er sich anfühlte, als würde er dorthin gehören. Emily holte tief Luft und atmete langsam aus. Sie warf einen letzten Blick in den Spiegel und nickte. Sie wollte ihren Ehemann. Es war Zeit.

Sie öffnete die Badezimmertür und trat ins Schlafzimmer – und erstarrte. Sie schaute sich ungläubig um. Während sie sich bereit gemacht hatte, war Fletch fleißig gewesen.

Es standen überall Teelichter, die im Luftstrom

des Deckenventilators flackerten. Die Bettdecke war einladend zurückgeworfen und es lagen Rosenblätter auf dem Laken. Obwohl es nicht viele waren, sagten sie ihr, dass ihr frischgebackener Ehemann sich bemüht hatte, ihre Hochzeitsnacht perfekt zu gestalten.

Apropos neuer Ehemann, Fletch stand neben dem Bett und trug lediglich Boxershorts. Sie musterte ihn begierig von Kopf bis Fuß. Sein Haar war hinreißend zerzaust und seine breiten Schultern und muskulösen Oberarme bewegten sich leicht, während er dastand und sie ebenfalls anstarrte. Seine tätowierten Arme sahen im Schummerlicht noch attraktiver aus ... vielleicht auch, weil es ihre Hochzeitsnacht war. Ihr Blick wanderte von seinem Waschbrettbauch zu seinen Lenden. Es war mehr als offensichtlich, dass er begierig darauf war, die Nacht zu beginnen. Seine kräftigen Oberschenkelmuskeln zogen sich zusammen, als er einen Schritt auf sie zu machte, dann noch einen, bis er direkt vor ihr stand.

»Gütiger Himmel, Em, du bist immer schön, aber heute Abend siehst du atemberaubend aus. Ich dachte, dein Korsett wäre sexy, aber das hier ... verdammt. Dreh dich um«, befahl er, hob die Hand und machte eine kreisartige Bewegung mit dem Zeigefinger.

Emily wollte sich nur einmal schnell um die Achse drehen, weil sie noch nicht genug davon gehabt hatte, ihren Mann anzuschauen, doch er hielt ihre Hüften fest und stoppte ihre Bewegung, damit er sie von hinten anschauen konnte.

»Heiliger Strohsack«, flüsterte er. Emily konnte seinen warmen Atem im Nacken spüren. Sie bekam Gänsehaut am ganzen Körper und schloss die Augen.

Fletch strich mit dem Finger an dem Band entlang, das von einer Seite des Nachthemdes zur anderen führte, dann wieder zur Schleife zurück, beugte sich über sie und bedeckte ihre Wirbelsäule bis zum Nacken mit Küssen. Emily ließ den Kopf nach vorne sinken, um ihm mehr Raum zu geben.

»Das ist das Heißeste, was ich je gesehen habe«, murmelte Fletch, eher zu sich selbst als zu ihr. Noch einmal strich er an ihrer Wirbelsäule entlang, berührte die Schleife in der Mitte und wanderte weiter, bis er bei ihrer Gesäßfalte angekommen war.

Emily bewegte sich unter seinen Händen und drückte den Hintern gegen ihn. Er legte seine Hand an ihren Bauch und zog sie dicht an sich heran. Er war heiß. Strahlte Hitze aus.

Emily ließ eine Hand auf seiner ruhen und griff mit der anderen nach seinem Wuschelkopf. »Ich liebe dich, Cormac.«

»Ich liebe dich auch, Miracle Emily. Du bist *mein* Wunder. Du und Annie. Du hast ja keine Ahnung.«

»Oh doch, ich glaube schon«, murmelte Emily und wand sich vor ihm. Ihre Erregung steigerte sich mit jeder Sekunde.

Sie drehte sich in seinen Armen um und wusste, dass das nur möglich war, weil er es zuließ. Fletch war nicht unbedingt dominant im Bett, doch er neigte dazu, etwas herrisch zu sein. Er hatte die Tendenz, sie dorthin zu bewegen, wo er sie haben wollte und wann er es wollte, und die meiste Zeit spielte es keine Rolle, ob *sie* etwas wollte, sie musste warten, bis *er* bereit war, es ihr zu geben.

Doch sie wusste, dass diese Nacht etwas ganz Besonderes werden würde. Der Adrenalinschub, der sie zum Zittern brachte, sodass sie sich sehnlichst wünschte, ihren Mann in sich zu spüren, schoss ihm bestimmt auch durch die Adern.

Emily hob die Arme, verschränkte die Hände in seinem Nacken und sagte leise: »Das Zimmer ist perfekt, danke.«

»Da wir nicht in einem Hotel übernachten, wollte ich es besonders hübsch machen«, sagte

Fletch leise, während er seine Hände ständig in Bewegung hielt, ihren Rücken streichelte, sanft die Seiten ihrer Brüste berührte und dann unter ihr Nachthemd glitt, ihren Hintern liebkoste und ihr Becken gegen seine Lenden drückte.

»Jede einzelne Sekunde, die ich mit dir verbringen darf, ist etwas Besonderes«, sagte sie zu ihm. »Doch im Moment kann ich nur daran denken, mit meinem Ehemann zu schlafen.«

Ohne ein Wort zu sagen, trat er einen Schritt zurück, hielt sie jedoch an sich gedrückt, sodass sie keine andere Wahl hatte, als einen Schritt vorwärts zu machen. Dann machte er noch einen Schritt, dann wieder einen, bis sie neben dem Bett standen. Er sagte immer noch nichts, doch seine Augen sprachen Bände. Fletch setzte sich auf die Bettkante, umarmte sie und zog langsam und gleichmäßig an dem dünnen Band, das ihr Nachthemd im Rücken zusammenhielt.

Emily spürte, wie die Schleife sich löste, und lächelte, als sie sah, wie Fletchs Augen sich vor Lust weiteten. Sie zuckte zuerst mit einer Schulter, danach mit der anderen, was bewirkte, dass die Träger an ihren Armen entlang rutschten. Der elfenbeinfarbene Stoff fiel mit einem Rauschen zu Boden und dann stand sie nackt vor ihrem Mann.

Fletch spreizte die Beine und zog Emily vorwärts, bis sie direkt vor ihm stand. Er legte ihr eine Hand ins Kreuz, sodass sein kleiner Finger wieder über ihrer Gesäßfalte ruhte, die andere legte er seitlich an ihren Nacken und streichelte mit dem Daumen ihre Wange.

Er schaute sie von unten an und sagte: »Ich liebe dich, Em. So sehr, dass es mir manchmal Angst macht. Einfach nur zu wissen, dass du auf mich wartest, wenn ich von der Arbeit nach Hause komme, gibt mir eine Zufriedenheit, die ich nie für möglich gehalten hätte. Wenn ich morgens aufwache, schaue ich als Erstes zu dir hinüber. Ich habe Stunden damit verbracht, dir beim Schlafen zuzusehen, und ich weiß, dass ich der glücklichste Mann auf Erden bin. Danke, dass du mir vertraust. Selbst als du gedacht hast, dass ich mit diesem Arschloch Jacks unter einer Decke stecke, hat ein Teil von dir gewusst, dass ich dir niemals wehtun würde. Und das werde ich auch nicht. Niemals. Ich hatte heute Abend solche Angst um dich. Nicht um mich, sondern um dich. Und um unsere Tochter. Ich kann ohne dich nicht leben, Em. Das schwöre ich bei Gott.«

»Das musst du auch nicht. Es geht mir genauso, Fletch. Frauen wie ich bekommen keine Männer wie dich. Nein, sei nicht beleidigt«, beruhigte sie ihn, als er sie fragend anschaute. »Damit meine ich, dass du jede Frau auf der Welt hättest haben können, jedoch mich gewählt hast. Das halte ich nicht für selbstverständlich.«

Fletch griff nach der Taille seiner Frau, stand kurz auf und drehte sich gleichzeitig, bis sie rücklings auf dem Bett und er auf ihr lag. Emily spürte, wie sein harter Schwanz gegen ihre Muschi drückte, und sie wollte nichts mehr, als ihn in sich zu spüren. Sie bewegte sich unter ihm, kippte ihr Becken nach oben und drückte sich gegen ihn.

»Ich will dich in mir spüren«, sagte sie leise, ließ ihre Hände unter das Gummiband seiner Boxershorts gleiten und schob sie, soweit sie konnte, nach unten. »Zieh das aus«, befahl sie.

Fletch lächelte und tat, was sie verlangte. Er rollte zur Seite und zog sich mit einer beeindruckenden Bewegung die Unterhose aus, doch das bekam Emily nicht mit. Sie hatte nur Augen für ihren Mann, der hart und genauso bereit für sie war wie sie für ihn.

Er beugte sich wieder über sie und Emily spreizte die Beine, damit er sich auf sie legen konnte. Mit einer seiner Hände glitt er an ihrem Körper entlang nach unten, um zu testen, wie bereit sie war.

Er grinste sie an, als er mit den Fingern ertastete, dass sie bereits tropfnass war.

Ohne ein Wort zu sagen, packte er seinen Schwanz an der Wurzel und drückte ihn gegen ihre Öffnung. Emily zog die Knie an, legte die Fußsohlen auf seine Oberschenkel und öffnete sich vollständig für ihn.

Langsam, zu langsam, stieß er seine volle Länge in sie hinein. Er war sanft, damit sie sich an ihn gewöhnen konnte, hörte jedoch nicht auf, bis seine Hoden ihren Körper berührten.

Emily wand sich unter ihm und hob ihr Becken an, nahm ihn tiefer.

Sie seufzten beide voller Ekstase.

Fletch sagte immer noch kein Wort und zog sich aus ihr zurück, um kurz darauf wieder zuzustoßen. Er wiederholte es, dann noch einmal.

»Schneller«, bettelte Emily und drückte die Fersen gegen seine Oberschenkel.

»Nein«, sagte er und schüttelte entschieden den Kopf. »Früher am Abend habe ich meine Frau gevögelt, jetzt will ich Liebe mit ihr machen.«

»Das *tust* du ja auch«, jammerte Emily. »Und ich möchte, dass du dich schneller bewegst.«

»Und *ich* möchte es hinauszögern«, konterte Fletch und setzte sein geruhsames Tempo fort.

»Wir haben den Rest unseres Lebens Zeit dafür, Fletch«, sagte Emily. »Du kannst später mit mir Liebe machen.«

Er grinste, beschleunigte jedoch seine Stöße nicht. »Aber jedes Mal, wenn ich versuche, gemächlich mit dir zu schlafen, wirst du ungeduldig und willst, dass es schneller geht.«

Verdammt, er hatte recht. Emily zog ihre inneren Muskeln zusammen, als er das nächste Mal in sie drang, und war zufrieden, als sie ihn stöhnen hörte.

»Das ist nicht fair«, murrte er und schaute sie durchdringend an.

»So gut sich das auch anfühlt, du weißt, wie ich es am liebsten mag«, sagte sie herausfordernd. Sie kam normalerweise nur, wenn er hart zustieß. Sie brauchte direkte Stimulation ihrer Klitoris und sie hatte es am liebsten, wenn er sie hart nahm und sie gleichzeitig streichelte.

Er seufzte, als wäre er zutiefst betrübt, doch sie wusste, dass es nur gespielt war. Ihm gefiel es fast genauso sehr wie ihr, wenn er sich gehen lassen und hart zustoßen konnte.

Fletch rollte sich auf den Rücken und drehte sie mit sich um, sodass sie auf ihm saß. »Gut, Frau, dann nimm mich, so wie es dir gefällt.«

Emily grinste. Obwohl sie jetzt oben war, hatte er

immer noch die Kontrolle, und das wussten sie beide. Sie begann sofort, auf seinem harten Schwanz zu reiten, und zuckte zusammen, als sie seinen Daumen auf ihrer Klitoris spürte. Sie ließ sich auf ihn niedersinken, drückte nach vorne und versuchte, ihn dazu zu bringen, ihr Nervenbündel stärker zu stimulieren.

»Fick mich, Frau«, befahl Fletch leise, griff mit der anderen Hand nach ihrer Brust und drückte ihre Brustwarze zusammen.

Sie tat wie geheißen. Hart und schnell. Als wollte sie ein Rennen gewinnen. Sie bewegte sich auf ihrem Mann, als würde sie die Hauptrolle in einem Pornofilm spielen. Sie beugte sich nach vorne, stützte sich mit den Händen auf seinem Bauch ab, und fickte ihn, so hart sie konnte. Innerhalb weniger Minuten kam sie. Sie zitterte und bebte auf ihm, stöhnte und grub die Fingernägel in seine Brust, als sie den Höhepunkt erreichte.

Und als er weiterhin ihre Klitoris streichelte und nicht aufhörte wie normalerweise, nachdem sie gekommen war, explodierte Emily ein weiteres Mal ... oder kam immer noch, sie konnte es nicht genau sagen. Gott, es fühlte sich so gut an und schmerzte gleichzeitig. »Fletch«, keuchte sie.

»Verdammt, du bist schön«, hörte sie ihn sagen,

bevor er mit der Hand, mit der er ihre Brust geknetet hatte, nach ihrem Hintern griff und sie festhielt, während er sein Becken nach oben drückte.

Auch sein Stöhnen klang wie das eines Pornohelden und Emily spürte, wie eine weitere heiße Welle ihre Muschi erfasste, während er sich in ihr ergoss.

Sie spürte, wie sein Schwanz nach dem Höhepunkt in ihr erschlaffte, beugte sich langsam zu ihm hinunter und legte sich auf ihn.

Der Geruch von Rosen und Sex lag in der Luft. Die Rosenblätter wurden unter ihnen zerdrückt, doch das kümmerte Emily nicht. Sie vergrub ihr Gesicht an Fletchs Nacken und seufzte. Sie mochte die Gänsehaut, sie sich auf seinen Armen bildete, genauso wie er. Emily strich mit den Handflächen über seine Oberarme und sagte leise: »Ich liebe dich.«

»Nicht so sehr wie ich dich liebe«, flüsterte Fletch sofort.

Sie sagten nichts weiter, sondern genossen es einfach, in den Armen des jeweils anderen zu liegen und ihre Herzen schlagen zu hören. Emily war eingenickt und bewegte sich nur leicht, als Fletch sie beide umdrehte und sein Schwanz dabei aus ihrem Körper glitt.

Sie murrte zwar, beruhigte sich jedoch sofort wieder, als er sie fest an sich drückte, die Decke hochzog und ihre Körper in einen behaglichen Kokon einhüllte.

»Annie«, murmelte Emily. Sie wusste, dass ihre Tochter die Angewohnheit hatte, sie morgens zu wecken, indem sie ins Zimmer platzte und zu ihnen ins Bett kroch, um zu kuscheln.

»Schhhh. Ich wecke dich später, damit du dir etwas anziehen kannst«, beruhigte Fletch sie.

»Okay.«

»Herzlichen Glückwunsch zum Hochzeitstag«, sagte Fletch und küsste ihre Schläfe.

»Das gefällt mir«, flüsterte Emily.

»Gut so. Schlaf jetzt.«

Emily war eingeschlafen, noch bevor das letzte Wort über seine Lippen gekommen war.

Fletch betrachtete seine Frau, während sie schlief, so wie er es die meisten Nächte tat. Selbst nach der ganzen Zeit, die sie zusammen verbracht hatten, konnte er immer noch nicht glauben, dass sie ihm gehörte.

Ihre Beziehung war nicht perfekt, es ging oft

hektisch zu und sie schnauzten sich gelegentlich an. Emily wollte nicht unnötig Geld ausgeben, was wohl die Folge davon war, dass sie die letzten sieben Jahre nur knapp über die Runden gekommen war, und sie stritten sich manchmal, weil er sowohl für sie als auch für Annie Sachen kaufte, doch Fletch hätte sich keine bessere Beziehung wünschen können.

Emily war im Allgemeinen ein positiver Mensch. Sie versteifte sich nicht auf Dinge, die sie nicht beeinflussen konnte … wie zum Beispiel seinen Arbeitszeitplan. Dass er oft kurzfristig anrief und sagte, er würde erst spät nach Hause kommen, oder dass er einen Einsatz hatte und nicht wusste, wann er wiederkommen würde, schien sie nicht zu stören. Er wusste, dass sie sich Sorgen um ihn machte, doch sie sagte nie, dass sie seine Arbeit nicht mochte, und versuchte auch nicht, ihn dazu zu bringen, sie aufzugeben. Wenn Annie krank war, besprachen sie, wer bei ihr zu Hause bleiben würde. Wenn er nach einem anstrengenden Einsatz Zeit für sich brauchte oder einen *neuen* Einsatz planen musste, schien sie Verständnis zu haben und hielt Annie von ihm fern, bis er alles verarbeitet hatte. Sie sprachen spät nachts im Bett darüber, was sie beschäftigte. Keiner von ihnen war perfekt, doch sie arbeiteten an ihrer Beziehung.

Fletch schob Emily eine Locke hinters Ohr, lächelte und dachte an ihre Hochzeit. Annie war entzückend gewesen. Emily hatte gestrahlt. Und sie hatten den Tag mit ihren Freunden und Verwandten verbracht.

Abgesehen von den dummen Arschlöchern, die dachten, dass sie leicht an Geld kommen könnten, wenn sie eine Hochzeitsfeier überfielen, war der Tag perfekt gewesen. Er küsste noch einmal Emilys Schläfe und kuschelte sich an seine Frau. *Seine Frau.* Gott, wie ihm das gefiel.

Seine Teamkollegen hatten sich darüber gewundert, dass er Annie adoptieren wollte, bevor er mit Emily verheiratet war, doch er und Emily hatten im Voraus alles besprochen. Sie hatte gesagt, dass sie ihm genügend vertraute, um ihm zu erlauben, ihr kleines Mädchen offiziell zu seiner Tochter zu machen, bevor sie sich das Jawort gegeben hatten.

»Sie hat dich lieb und selbst wenn zwischen uns etwas passieren sollte und wir nicht heiraten, kann ich mir nicht vorstellen, dass du sie jemals enttäuschen würdest.«

Fletch hatte ihr versichert, dass ihre Beziehung durch nichts gefährdet werden könnte, und ja, er würde sich immer um Annie kümmern und sie beschützen. Es war zwar unkonventionell, doch sie hatte sich damit einverstanden erklärt, dass er ihr kleines Mädchen adoptierte und offiziell zu seiner Tochter machte.

Fletch wusste nicht, was die Zukunft bringen würde. Weder für ihn noch für Emily noch für seine Tochter. Weder für seine Teamkollegen noch seine Freunde. Es war amüsant gewesen, die verschiedenen Beziehungsdynamiken an diesem Tag zu beobachten, doch eins wusste er:

Es konnte niemand glücklicher sein als er es genau in diesem Moment war.

Bevor Fletch zufrieden einschlief, hatte er noch einen letzten Gedanken. Er konnte es kaum erwarten, bis der Morgen anbrach ... einfach weil Emily und Annie, die er mehr liebte als alles andere auf der Welt, an seiner Seite sein und den Tag mit ihm verbringen würden.

*

Die Rettung von Kassie (Buch Fünf) **(erhältlich ab Ende Nov 2019)**

BÜCHER VON SUSAN STOKER

Die Delta Force Heroes:

Die Rettung von Rayne (Buch Eins)
Die Rettung von Emily (Buch Zwei)
Die Rettung von Harley (Buch Drei)
Die Hochzeit von Emily (Buch Vier)
Die Rettung von Kassie (Buch Fünf) **(erhältlich ab Ende Nov 2019)**

Und auch die folgenden Bücher von Susan Stoker werden in Kürze auf Deutsch erhältlich sein:
Aus der Reihe »Die Delta Force Heroes«:
Die Rettung von Bryn (Buch Sechs) (Feb 2020)
Die Rettung von Casey (Buch Sieben) (April 2020)
Die Rettung von Wendy (Buch Acht) (Juni 2020)

Die Rettung von Mary (Buch Neun) (Sept 2020)
Die Rettung von Macie (Buch Elf) (Okt 2020)

Aus der Reihe »SEAL of Protection«:
Protecting Caroline (Buch 1)
Protecting Alabama (Buch 2)
Protecting Fiona (Buch 3)
Marrying Caroline (Buch 4)
Protecting Summer (Buch 5)
Protecting Cheyenne (Buch 6)
Protecting Jessyka (Buch 7)
Protecting Julie (Buch 8)
Protecting Melody (Buch 9)
Protecting the Future (Buch 10)
Protecting Kiera (Buch 11)
Protecting Alabama's Kids (Buch 12)
Protecting Dakota (Buch 13)
The Boardwalk (Buch 14)

BIOGRAFIE

Susan Stoker ist die New York Times, USA Today und Wall Street Journal Bestsellerautorin der Buchreihen »Badge of Honor: Texas Heroes«, »SEAL of Protection«, »Die Delta Force Heroes« und einigen mehr. Stoker ist mit einem pensionierten Unteroffizier der US-Armee verheiratet und hat in ihrem Leben schon überall in den Vereinigten Staaten gelebt – von Missouri über Kalifornien bis hin zu Colorado. Zurzeit nennt sie die Region unter dem großen Himmel von Tennessee ihr Zuhause. Sie glaubt ganz und gar an Happy Ends und hat großen Spaß daran, Geschichten zu schreiben, in denen Romantik zu Liebe wird.

Besuchen Sie Susan im Netz!
www.stokeraces.com
facebook.com/authorsusanstoker
twitter.com/Susan_Stoker
bookbub.com/authors/susan-stoker
instagram.com/authorsusanstoker
Email: Susan@StokerAces.com

www.ingramcontent.com/pod-product-compliance
Lightning Source LLC
LaVergne TN
LVHW021716060526
838200LV00050B/2694